王鸣丹

——

著

Fade
Deep Space

褪色深空

Fade
Deep Space

河南文艺出版社
· 郑州 ·

图书在版编目（CIP）数据

褪色深空 / 王鸣丹著. --郑州:河南文艺出版社，
2024.6. -- ISBN 978-7-5559-1713-7

Ⅰ. I247.5

中国国家版本馆 CIP 数据核字第 2024X8Q505 号

特约策划	周华诚		
选题策划	李　辉		
责任编辑	李　辉		
责任校对	梁　晓		
书籍设计	刘婉君		
特约美编	蔡海东		

出版发行	河南文艺出版社	印　张	8.25
社　　址	郑州市郑东新区祥盛街 27 号 C 座 5 楼	字　数	164 000
承印单位	郑州印之星印务有限公司	版　次	2024 年 6 月第 1 版
经销单位	新华书店	印　次	2024 年 6 月第 1 次印刷
开　　本	890 毫米×1240 毫米　1/32	定　价	46.00 元

目 录
Contents

第一章 / 人生目标

　　天空灰灰的,在此映衬下显得没有多少色彩的植物遍布整个星球。在星球的一处,有两座简陋的白房子。在茂密植物的衬托下,这两座规整的建筑物显得格外安宁。

　　其中一座白房子的房间里有一面有些许污渍的大白墙,墙上投影播放着一部历史纪录片,术贰坐在房间另一侧空荡荡的墙角,面对着墙。

　　播放视频可能只是为了热闹一些,术贰似乎没看进去多少,眼神渐渐迷离。

　　他突然起身,冲出了房间,奔向另一座白房子。

　　他穿梭在茂密的植物间,黑发在明亮的恒星照耀下透出缕缕橙色。途中,他顺手摘下一颗小果实塞进嘴里。

　　他进入另一座白房子,慢慢走进房间,微微有些气喘。干净的房间里有一张床,一个老人躺在床上,看向刚进来的术贰,面色平静。术贰管老人叫"老董"。

老董缓慢地说:"你进来吓我一跳。"

"嗯,不好意思。"术贰抿了抿嘴。

老董说:"计算机说我的时间不长了。等我走了,你记得把我的意识采集起来,传送到任意一个接收坐标。"

术贰用手捏了捏鼻子,欲言又止,擦掉刚流下的一滴眼泪,说:"那就再见喽。"

老董嘴角上扬,问:"你这么年轻,之后几天有什么打算啊?"

术贰思考了一会儿,没有回答,反过来问:"你还有什么有意思的故事吗?"

老董说:"嗯,我想想……以前有几个人来咱们这儿采集食物,其中有个有意识的机器人,它跟我讲了一种植物……

"'你知道柿树吗?'机器人用不自然的女声说,'以前地球上常见的果树,果子有很鲜艳的颜色。我还是人类的时候见过。'

"我问:'果子能吃吗?你以前很爱吃吗?'

"机器人说:'嗯,能吃,很甜,我不爱吃……'"

术贰打断了老董的回忆问:"鲜艳的颜色,什么颜色?"

老董虚弱地说:"不知道,它没说。"

老董慢慢闭上了眼,术贰坐在床边,把手放到老董的胸口上。白色的光透过窗户照射到床和地面上,术贰的手在光下呈现出肌肤的颜色,骨感并格外美丽。

他轻轻吻了老董的额头,又跑出屋子。

他从门外不远的地上搬起意识采集器,笨拙又急促地放到床边,拿起贴片粘在老董光滑的头皮上,开启机器,向后退了两大步,看着老董深深地喘了一口气,就再没呼吸了。

术贰又慢慢后撤了两步,静静地看着机器上的进度,片刻后,机器响起刺耳的哔哔声。

他把采集器取下放在地上,从床上背起老董的躯体,走出屋子,来到老董以前挖好的坑前,把老董的躯体小心翼翼地放了进去。

天渐渐黑了下来,术贰的衣服被汗浸透了。他手里攥着老董的一颗牙齿,回屋用胶带绑在采集器上,然后躺到老董的床上,不知不觉睡着了。

在古老的草地上,耸立着一棵高大的树,果实带着奇异的颜色,高高地挂在扭曲的树上。术贰吃力地跑到树下,开始向上爬,爬了一半,看到面前的树皮上钉着生锈的金属牌,牌子上七扭八歪地写着"柿树"。他又抬头看了看树上硕大的果实,继续向上爬。

终于他坐在了粗壮的树枝上,把手伸向那奇异的果实。突然,他看见树下草地上站着老董和机器人,他们仰着头看着他,老董喊:"贰,少吃甜的!"

突然"咔嚓"一声树枝折断,四周变成漆黑一片,术贰无法动弹,意识到自己梦魇了。

醒来已经是阳光明媚的白天,术贰抠了抠眼角,然后去洗了脸。洗漱后,他看着意识采集器又发起呆来。

他回到自己的房间,投影仪还开着,墙上播放着奇怪的动画片。他捡起地上的遥控器,关闭了投影仪。

术贰突然想起老董以前经常提到的,向恒星从地表升起的方向走,能够找到老董以前的飞船。飞船还比较新,可以空间跳跃七千零二十七次。

术贰心里默默地想:"我想去找柿树……"

第二章 / 出行

术贰先把意识采集器装进包里，带上他最喜欢的模型和小雕塑，处理了一大箱植物作为食物补给。

他望着白墙发了片刻呆，转身去了另一座白房子。

术贰趴到地上，从老董的床底下拉出刷着白色油漆的简陋木箱，打开生了锈的铁扣。

木箱里面有老董的相册，还有各种有意思的小物件。术贰拨来拨去，看到木箱底上写着那句他再熟悉不过的名言："度过肉体的一生，不带走一片云彩，是现代人类最标准的仪式。"

术贰从木箱里找到一枚金属胸针。胸针是一种奇怪果子形状的，闪着暗淡的金光，上面虽有些划痕，但仍显得很精致，是老董以前从一个大星球的集市上买的。他把胸针别到了胸前，感觉非常愉快。

术贰背上没怎么用过的塞满仪器的包,提起箱子,大步迈出了白房子。他的心跳变得急促,他感觉到从未有过的紧张,急促地走出几十步后,一阵风把门狠狠地刮上了。他一哆嗦,猛地转过身子。

箱子倒在地上,术贰瞥了一眼箱子,面对着两座整齐的白房子。阳光强烈,他眯着眼睛站在原地,一动不动,似乎在思考什么。

后来,风变得温柔,他站在过膝的植物中,白色的衣服在灰绿的植物衬托下显得很亮。他直视着在植物中格格不入的白房子,拍了张照,然后咬了咬下唇,呼了一口气,把箱子扶起来,转身又迈开了步子。

前方的地平线看起来很模糊,一眼望去都是杂乱的植物。术贰走了好远,又数次回头望,白房子已成了模糊的轮廓。

面前的植物中立着一把白色高脚凳,凳腿上写着"2830 请勿倚靠"。他疑惑地歪歪头,坐了上去,高脚凳突然垮掉,术贰手臂一挥,无声地栽进植物中。柔软的植物淹没了他,他再次起身,拍拍身上,白衣服上染了几丝绿色。

他看着垮掉的高脚凳,板着的脸上露出了笑容,然后提着箱子开始奔跑。在安静的星球上,他边跑边跳,脚后跟不时踢到箱子。他大声地笑着呼喊,这些单调的植物不能感受到他的快乐和些许恐惧。

他的手指被箱子的提手勒得泛红,脚也酸酸的。他的面前出现了一台老旧又传统的太阳能电视,反复播放着一个世纪前

褪色深空

的古怪又愚蠢的广告。

术贰按着膝盖，无聊地看了两遍，"哼哼"笑了两声，跳到电视上又跳了下去。广告虽然愚蠢，但是令人印象深刻，术贰边走边回忆那广告。

广告里面的女孩儿让术贰产生了一种从未有过的感觉，他感到心里软软的。他微笑着，没多久就淡忘了这种感觉。

术贰走了好远，天暗了下来。这颗小卫星所环绕的巨型气态行星挡住了明亮的恒星，这是术贰很喜欢的时刻，天上有巨大的黑色圆形，外边绕着一圈明亮的橙色圆环。

他没了方向感，只能躺在地上欣赏这许久不见的天文现象。巨大的黑色圆形带给他熟悉的压迫感，使他平静又有些高兴。

他回忆着往事，计算了一下时间，又想起广告里那女孩儿的相貌，心里格外舒适放松。他记起老董说过的，传说中的地球有蓝色的天空，便又开始无尽的遐想。

他打了个盹儿。恒星已经转到另一侧的天空，阳光再次照遍平原。他跳起来，拽起箱子，背好包，向恒星移动的相反方向继续走。

背包里的人工智能"木木"用女孩儿的声音说："贰，我检测到前面有一大块金属！"

"啊？快到了！"术贰有些兴奋。

一开始的紧张情绪再次涌上来，术贰小跑起来。

白色的大方块越来越近，大概是七米乘七米再乘七米的白色立方体船舱，一共六个船舱连成圈。

中间有个长长的中轴扎在地里,和船舱是分离的。白色立方体上有橘色的线条装饰。

术贰自懂事以来第一次见到这么奇怪的东西,他抽出背包里的伸缩手杖,把箱子扔在一边,兴奋地围着飞船敲敲打打。

突然,术贰听见有人叫他,他心跳得剧烈,拿着手杖原地转了一圈,又蹦了一步,把耳朵贴在船舱上。船舱表面热热的。

"贰,门在箱子那边,快进来!"

"你怎么在里边?"

术贰绕了一圈,拎起箱子,老董以前经常念叨飞船的密码,他记得很清楚,就输入密码进入飞船。飞船像老董的一贯风格,虽难免有一些划痕,但整体上还是干净的。

木木用广播器说:"这是艘飞船吗? 这儿有意识载体,我又有新身体了。贰! 我有视觉了,快,让我看看你的样子!"

"嗯? 我要站在哪儿?"术贰朝着摄像头横跨了两步。

"我……"木木的声音戛然而止。

"怎么了?"术贰紧接着问。

"嗯……没事儿。"木木安静了一会儿说,"你答应我,帮我找个人形载体。"

光从圆窗射入,形成丁达尔效应,也照亮了术贰的半张脸。他鼻子周围呈现淡淡的粉红色,透亮的汗珠挂在额头上。

他扬起胳膊,擦掉汗,脸微微抽搐了一下,微笑着仰视摄像头:"行行行,你教我开飞船——哦,半自动的,你把能源解锁,定好坐标或方向就行了。"

术贰在飞船中转来转去,在一个柜子里发现了旧款的学习机,里面主要是飞船驾驶的教学内容。将其注入大脑后,他学会了使用星际坐标。

术贰坐在椅子上思索了一会儿,突然想起了包里的意识采集器。他着急地转来转去,终于在主驾驶舱找到了传送器。他从包里拿出了绑着老董牙齿的意识采集器,放到操作台上。

他果断地点了一个自己觉得顺眼的坐标,进行了传送。他咬了咬下唇,又一咧嘴,眼圈稍稍有了红晕。

他想,会不会有个机器人,在晚上望着迷茫星空时,心里默念着术贰。那样的话,他还会是他吗? 或者,他是谁?

术贰把嘴唇咬破了皮,嘴里有了一丝血腥味。

他转身走向操作台,启动了能源,设定了轨道,飞船开始抖动,伴随着整个星球上罕见的巨大噪声。

周围的植物被冲倒,中轴从地里拔出,上升,环形船舱随后飘浮起来。

术贰腿一软,感觉到没有过的压迫感。他坐到地板上,闭上眼喘息。

没过多久,他猛地睁开眼,光线变得暗淡,身体慢慢变轻,最后飘了起来。兴奋的情绪又涌上来。

"哇,零重力!"他坐在地板上感叹,然后快速起身,通过窗户向四周张望。一面是漆黑一片,一面是惨淡的灰绿。

令人不安的寂静,还有前所未有的震撼。

他敲打了窗户两下,冲着厚厚的玻璃大喊了一声,回声短促而沉闷。

他面对着窗外的星体沉默了许久，才爬进另一个船舱，躺到床上，打算大睡一觉。

摄像头转向他，望了许久，既没有移动，也没有出声。

术贰像婴儿一般，孤独地侧躺在稍有尘土的床上。

飞船操作台上显示出陌生的空间坐标，开始进行空间跳跃。外面的光线和空间开始扭曲变形。

一觉睡到自然醒的术贰，看到窗外巨大的飞船。

"哇，这是哪儿啊？好大的飞船啊！"术贰小声感叹。

"是我们的飞船历史记录里的坐标，这个大家伙在这儿有好长好长时间了。飞船内是合轮市场，对接不需要权限。"

"去看看，带上吃的。"术贰蹦跶着说，"还有，我做了好奇怪的梦。"

这一段时间的情绪变化，是他从小到大最频繁的，倦意从他秀气的脸上流露出来，他的眼睛被揉红了，没洗的黑发显得不太利落。

他装上了食物和木木的原始载体，操作飞船找到相应的接口进行了对接。这是他第一次步入太空，第一次冒险。

术贰表情平静，貌似老练，其实单纯无知。

他面对着舱门。

舱门开启。

他瞪大了眼睛。

第三章 / 合轮市场

出现在术贰眼前的,不是规整的几何体。这里的建造没有规矩,很多地方是肆意搭建的,有长相奇异的机械、半机械,不同的生命体遍布其中。

术贰应接不暇,稍感恐惧,眼珠飞快转动,渴望找到一个同类。

他扒着狭窄的舱门,走了出来。

一个脖子很长、没有头发、衣着整齐、身材高大的人,从侧边经过舱门口,令术贰的心一颤。

长脖子人突然在他面前停下,缓慢而死板地转过身来面对他,他们的距离不到三米。

术贰仰头看着他,手心变得潮湿。

长脖子人,双下巴,用多眼白、小瞳孔的眼睛看着他,又看了看术贰的胸针，像木板一样板着脸，一动不动，站得笔直。

"……"

"你好。"术贰好久才憋出一句。

"……"

长脖子人突然转身，像木偶一样，头和身子摇摆着快速走开了。

心快跳出来的术贰松了一口气。他把自己的舱门锁上了。

他沿着宽阔的金属走廊走，经过无数的传统形式的门店和摊位，每一个都要仔细看一遍以各种语言标注的说明，才能理解它们卖的是什么。

他经过一家摆着瓶瓶罐罐的店，里面站着一个女性。她胖胖的，看起来年纪不大。

术贰感受到一丝亲切，看了看店里的人，又看了看标识，说："我要买药！"

店里的人类连忙招呼："快看看，我这个药能让你患上抑郁症。你快看看啊！"

术贰一脸诧异，刚才的亲切感突然消失了："不用了，谢谢！"

术贰没再说什么，走开了。前面一个门边站了一排机器人，但似乎都是关机的。他走进门，里面有各种机械肢体。

"你要买机器人吗？"一个蹲在墙角的机器人问。

术贰想起了木木。

"卖机器人的吗？帮我看看呗。"背包里传出微弱的声音。

术贰掏出皱巴巴的写着木木性格设定的说明书,递给了机器人。

机器人不拘小节地翻看了一遍,说:"这儿有个差不多的,嗯,少女对吧。"

机器人在屏幕上熟练地点了点,调出了那款机器人。

秀气精致的面部,几乎完美的形体曲线,让术贰一眼就喜欢上了。

正当术贰想象它变成木木后的生活时,"一百节电池。"机器人突然说。

术贰脑子一热,他飞船上的存货只有七十二节电池,其中一部分是留给木木用的。

他站在店里思考了好久。

"你买不买啊? 我看你是穷坏了。"机器人蹲在墙角说。

"咱们走吧,走吧。"木木小声说。

术贰眼神飘忽不定,漫无目的地走着。

木木什么都看不见,也看不见术贰脸上挂着的眼泪。

术贰决定回飞船上吃点东西。他走着走着,闻到一股怪味,突然眼前一黑。

"贰! 贰! 术贰!"

术贰迷迷糊糊地被木木叫醒。

他躺在刚才的走廊上,周边的机器人和生物对他视而不见,从他身边路过。

"我……我刚才昏倒了,没事了。"

他坐起来,看了看四周,身体没有任何不适。他又看了看自己的身体,只见胸前的衣服破了个洞。金属胸针没了。

术贰抬起头,发了一会儿呆,才站起身,拍了拍屁股,回到自己的飞船上。

"帮我找个以前打过仗的坐标。"术贰对木木说。

"找到了,这个就是。"

"咱们去这个坐标吧,那儿可能有好多飞船零件,咱们去找电池。"

"那儿很危险啊,可能有辐射源,可能有强盗。"

"我有太空服,我有枪,走喽!"

术贰嘴里塞着食物,解锁了飞船对接,直接离开了。

摄像头对着术贰的侧脸,很久都没有移动。

古老的地球东半球,时间凌晨 3:31,看不到星星,只有一片黑暗,却有人望着天。

术贰来到了一个巨大的星球,杂乱的金属残片环绕着星球高速移动。

褪色深空

第四章 / **战争遗迹**

　　术贰趁着碎片飞过,进行登陆。在距离地面约二十米的时候,术贰评估了地面的硬度,将中轴高速发射向地面。

　　一声巨响后,尘土飞扬,中轴扎入土里。船舱慢慢下降,平稳地套回中轴。

　　术贰笨手笨脚地穿上了太空服。太空服款式比较旧,使得术贰走起路来显得比较笨拙。他慢慢出了舱门,看到一片遍布飞船残骸的沙漠。

　　风沙满天,隐隐约约有人影在残骸周围游荡。术贰朝着残骸走去。

　　"hǎ lái lū shī gē!"

　　随着一声奇怪的外星语,远处的四个人向术贰冲过来。

　　术贰一愣,准备掏枪。

"ō xī nā lǐ yóu lì!"突然其中的三个人都停住,傻傻地站在原地。只有喊话的人,用拳头比画着,慢慢向术贰靠近,脸上杀气十足。

他们乍一看是人类,只是都比较矮,皮肤粗糙干裂。

野人一个猛冲,冲到术贰面前就是一拳。

术贰平时顽皮淘气,动作也很敏捷,即使穿着太空服,还是躲过了这一拳。

术贰甩出枪,砸在野人的侧肋上。野人后退两步,变得更加疯狂,发出掺杂着破音的吼叫。

术贰呼吸紧促。从外表看,术贰很冷静,穿着太空服稳稳地站在沙子上,坚定地端着枪;其实在太空服内,他的手在颤抖,胸腔里是一阵一阵的心跳声。

野人又冲了上来。

"我当时直接把他打死了。"老董的故事在术贰脑子里回响。

术贰的手指快速一扣,身体稍稍后倾。

野人的大腿上红光一闪,他瘫倒在地,捂住自己的大腿。"hǎ à mǒ shī shī!"他颤抖地大喊。

其他三个人转头就跑,术贰看着逃跑的三个人,慢慢平静下来。

一块石头砸过来,术贰眼前一花,一只手捂住玻璃面罩,一只手扣动扳机。野人的吼叫渐渐变成了哀号,又慢慢变得微弱,最终野人躺在地上停止了挣扎。

术贰慌张地来回摸碎掉的玻璃面罩。

木木不知道发生了什么:"贰,这儿的空气含氧量是 28.39%。"

术贰一个深呼吸:"哦,没事了,没事了。"他深一脚浅一脚地走向飞船残骸。

白骨和机械肢体掺杂着埋在沙子里。飞船残骸的金属板上还有烧黑的痕迹。

术贰感觉自己心里总是不舒服。

各种仪器半埋在沙子里,术贰找了好久,只找到一节电池。他用力翻开一块金属板,金属板下的小坑里躺着一个矮小的人,身上的皮肤像干掉的土。

术贰疑惑地看着他,他突然坐起来,把金属板抢走了。术贰吓得向后一跳,跑到了飞船的另一半残骸上。这是驾驶舱的残骸,驾驶座上坐着一个长得和刚才那人差不多的人。

驾驶座上的人站起身,头来回抖动,看了术贰两眼,却像没看见一样从术贰身边走过,越走越远,头也不回。

术贰开始到处翻找,提取了操作台上的坐标。他用枪打破了上锁的柜门,终于又从里面找到了三节电池。术贰特别高兴,捡起旁边的石头扔到残骸的窗户上,结果只留下了一点痕迹。术贰歪了歪嘴,继续去别处找。

残骸内挂着人类的照片——一张戴眼镜的中年男人和小姑娘的照片。术贰面对着照片打量了好久,眼睛好像在放光。

"这个是爸爸,这个是女儿。"术贰指着照片自言自语。

地上有张踩脏的纸条,术贰俯下身子捏起一个角,刚要拿起来,纸条却像干树叶一样碎成两半。术贰赶紧趴在地上,把纸片拼好,看见纸条上写着奇怪的字符。他掏出扫描器扫描了这些字符。

"这是很久以前的一种语言,翻译不了啊。"木木说。

"好吧。"术贰又仔细看了一遍,站起身子,向另一片废墟跑去。

他回头看了一眼自己的飞船,一个矮人面对着自己的飞船,伸长了胳膊在敲敲打打。

术贰一转头,发现面前站着一个男人。

对方是个人类,术贰有些兴奋。

"你好。"

"嗯,你好。"男人的嘴没有动,嗓子里传出了电子声。

"你看见我的一把沙子了吗?我撒在地上找不到了。"男人摸了摸嗓子。

"没有,不好意思。你知道柿树是什么吗?你知道哪里还有电池吗?"术贰问。

"不知道,这里有的只是沙子。"男人的嗓子发出电子音。

"我猜柿树应该是一种树。你给我打工,我给你电池。"男人张嘴说。

男人整理了一下衣领,站得笔直,像个绅士。

"好好好,我该怎么做?"术贰激动地说。

男人转身就走,术贰紧跟着。

"你没必要穿太空服。"男人的嗓子发出电子音。

"这里的残骸可能有辐射。"术贰说。

男人没再出声，带着他走了好远。附近植物越来越多。沙子上有的地方鼓起一个小丘。

术贰满脑子疑惑，看看这儿，看看那儿，也不敢问男人一些无关紧要的问题。

他们走到了一架残损的飞船旁边，飞船长得很像史料中记载的某种飞行器。看样子之前的残骸中有很多架相同样式的飞船。

飞船的前端起落架折断了，后面也破了个大洞，像是被高温切开的。

男人停下脚步说："把飞船擦干净，我给你八十二节电池。"

术贰心里一惊："八十二节，这么多，飞船很干净啊，像刚擦过的。"

"这是我的战机，我总是把它弄脏。"

男人刚说完就从地上抓起一把沙子，奋力甩起胳膊，撒在飞船上。"邪恶战机！"他的嗓子发出电子音。

术贰没再多说，拿起飞船旁边泡在水里的布，拧到半干，登上梯子开始擦沙子，将每个缝隙都尽量擦得干干净净的。

"邪恶战机！"

一把沙子撒在了术贰的太空服上。"呵。"术贰无奈地笑了一下，心想，如果这人老是撒，我岂不是走不了了？

于是术贰抓紧时间，快速把脏的地方擦干净了。

他从梯子上跳下来，跑到男人面前。"擦完……"术贰还没说完,男人又抓起一把沙子。

男人挥起手臂刚要撒,术贰赶紧抓住他的胳膊。

"你干什么!这可是敌人的战机!"男人一手捏住嗓子,嗓子发出颤抖的电子音。

男人把术贰推了个跟头,又撒脏了飞船。

术贰赶紧跑回去涮布,又开始擦飞船。

"什么情况?"木木问。

"没事,这儿有个人格分裂的人。"术贰敷衍地回答道。他擦着擦着,透过窗户看见船舱里挂着一幅小照片,上面是个英俊的男人,底下写着"大刚"。

术贰反复擦了好几遍,男人也撒了好几遍沙子。

术贰这次擦干净后,看见男人又要撒沙子。"快看,大刚!"术贰指着船舱里喊。术贰跳下梯子,男人赶紧跑上前来,登上梯子看向船舱里,哭了出来。

"我擦完了。"术贰说。

"挺好,你要的东西在那个包里,去拿吧。"男人带着痛苦的哭腔说。

术贰提起包就跑,像偷了东西一样左摇右晃地跑,包很沉,腿很酸。

他按定位仪的指示回到了飞船上。

"发了!"术贰手忙脚乱地脱掉太空服,擦了擦汗。打开包,果真是一包电池,里面有一百节。

"发了!木木!哈哈!"术贰笑着喊。

"啊！爱你，贰！"木木的声音表现出从未有过的激动。

术贰立刻定位到合轮市场，进行了空间跳跃，整理好一百节电池，拿到了机器人商店。

"先生，一百节电池，我要之前我挑的那一个机器人。"术贰礼貌地说，声音里透露出压抑不住的兴奋。

"你来晚了哦。"在墙角的机器人用嘲笑的口吻说，"同款还有！不过涨价咯。现在打折三百八十九节电池，原价四百节。"

术贰拎着电池，脸上没有一丝表情，呼吸变得急促。

"看你的穷样子！刚才的女士可是用八百六十四节电池换的，够便宜你的了。"机器人摆弄着电池说。

术贰真的想不到如何找到这么多电池。他浑身颤抖。"奸商！"术贰破口大骂，抓起柜台上的机器肢体砸向了机器人。

他把包扛到肩上，跑回了飞船上。解锁对接后，他躺在床上，蒙上了被子。

"贰，对不起，我不要了，咱们去找柿树吧。"

摄像头对着术贰，其他的，木木一句话也不敢说。

第五章 / **古文字**

不知道怎么就睡着了,醒来后术贰从床上坐起来,眼皮红肿,嘴角和脸上还有口水的痕迹。他靠着床头发呆,又看了看摄像头。

"等我洗个澡,咱们找个地方去玩儿吧。"术贰说。

"好!"木木立即回答。

术贰来到另一个船舱,脱掉了衣服,打开了喷头。窗外是合轮市场所在的巨大飞船,窗内的光打在他年轻的肌肤上,水从腰臀间的弧线形处流过。

术贰把衣服也洗了,将污水朝向合轮市场所在的飞船喷射。他眯着红肿的眼睛,咧着嘴笑,洁白的牙齿衬着红嫩的嘴唇。

随后,术贰选了一个备注着"荒芜星球"的空间坐标。在历史记录里,飞船似乎多次登陆过这里。

飞船停到了"荒芜星球"上,这里果然很荒芜,整个星球都是灰白色的土地和岩石。

平稳登陆后,术贰把衣服放进了烘干机,赤身直接穿上了备用的完好太空服。他带上木木的载体,慢慢出了船舱,发现这个星球的重力没有那么强。这让术贰觉得非常轻松,他关上舱门,向外跳了几步,身体像气球一样轻盈,地上留下了他清晰的脚印。

放眼望去,灰白色的土地连成一片,天空全是黑暗的。远处的小丘上有看不清的人造物。

"这里的空气含氧量为0%,别又弄坏了太空服。"木木提醒道。

"前面那是什么?"术贰问。

"不知道,可能是金属。"木木回答。

术贰向着小丘走去,身后留下一连串的脚印。

术贰登上小丘,发现刚才远远看到的是一把白色的高脚凳和一台电视。

"嘿嘿,是个高脚凳,还有个老电视。"术贰指着它们傻笑着说。

他慢慢走上前去,把高脚凳踢倒了。高脚凳完好无损。凳腿上写着"老董"。

术贰摸了摸用记号笔写的名字:"这是老董的凳子。"

"老董以前老来这儿。"木木猜测。

术贰突然回忆起老董讲过的话:"我以前心情不好的时候,

就会找个安静的地方待着。"

术贰直接坐在高脚凳腿上，用旁边的遥控器打开了电视。在电视屏幕显示的雪花纹中，隐约出现了一个晃动的人。画面突然清晰起来，上面是年轻的老董面无表情地在一片空白的背景中跳舞。老董身材高挑，胸前的胸针来回闪烁，动作有些滑稽。术贰看得很投入，脸上带着僵硬的微笑。

术贰想捏捏鼻子，手却撞在玻璃面罩上。他鼻子酸酸的，感觉眼泪快要涌出眼眶。

电视屏幕中的老董来了一个完美的大跳，术贰扑哧一笑，红红的眼睛湿润了。

在一片灰白的岩石沙砾中，一个太空人坐在横躺着的白色高脚凳上安静地看着电视。电视原本该响起优美而古老的钢琴曲，但这冷漠的荒芜之处却不具备传声介质。

术贰看了两遍视频，站起身子，把电视下的移动硬盘拔出来，接到了太空服的接口上，接口连接着木木的载体，木木开始播放钢琴曲。之后术贰将移动硬盘放回了原处。

他跟着电视里的老董尴尬地起舞，脸上的笑容从没消失过，肌肤摩擦着粗糙的太空服。

在沙砾上，一个太空人，以难以理解的动作，安静地舞动着。数万光年之外，一个疯狂的机器人在仰望星空，快节奏地舞动着机械身躯。

术贰突然打了个冷战，起了鸡皮疙瘩。

"有点冷了。"他说。

他关了电视，在沙砾中蹦跶，捡起一块石头，向天空一抛，嘴里喊着"邪恶战机"。石头飞出老远，术贰开心地哈哈大笑。

术贰边喊边扔了好多的石头，终于暖和了身子，打算回飞船。他走着走着，看到地上有纵横交错的划痕，又后退了一段距离。从远处看，这是一些奇怪的大字，好像是古文字，两段文字之间画着大大的桃心——古老的爱情象征。在这孤寂的星球上，这些文字似乎是永恒的。

术贰回到飞船，换上了备用的衣服，腋下磨得红红的。

术贰问："谁能读懂那种文字呢？"

"嗯，笼星的人类城市可能有些研究古文字的学者。但是因为长期战乱，那里可能会很危险。"木木回答，"贰，你又要去冒险啊？"

"没事，都是人类，好说话。"术贰找到了笼星的坐标，启动了飞船。

术贰被眼前的一幕惊呆了，他从来没见过这么奇特的星球。

星球被绿色和蓝色覆盖，其间有一块一块的黑色圆斑。颜色，让人眼花缭乱。

"这是柿树吗？"术贰瞪大眼，指着窗外的笼星问。

摄像头转向窗外，好久都没发出声音。"不是啊，柿树是一种果树。这不是笼星吗？"过了一会儿，木木才磕磕绊绊地回答。

术贰愣了一会儿说："哦，对。快点儿，我们下去看看。"

两个穿着制服的强壮士兵看着天空中出现的闪烁白点。其中一个高个子士兵拿出望远镜,对准术贰的飞船,眯着眼观察。

"没见过这个型号的飞船。"高个子士兵对矮个子士兵说。

"那要不要击落?"矮个子士兵问。

高个子士兵对矮个子士兵摆了摆手:"扫描结果相近于旅行者七号,对方把原有的主炮卸掉了,没有攻击力,应该是个流浪汉。"

术贰降落在距离军营很远的城市郊区的树林里。

他装好了子弹,走出了舱门。高大的树木挡着金色的阳光,斑斑点点地投在术贰干净的备用衣服上。

术贰原地转圈,一角也不愿落下地观赏了一遍周围的景象。

从树干的缝隙间,远远地看到有座小房子,于是术贰兴奋地跑过去。矮灌木划破了他的腿,术贰似乎没发觉,只顾带着微笑向房子跑去。

越接近小房子,术贰的视野越开阔:原来这里不是只有一座小房子,而是有一个小镇。

术贰停在小镇和树林的交界地带,看着房子思考。

一两个路人经过,看了一眼术贰。后来一个中年妇女经过,疑惑地看着发呆的术贰,问:"怎么了,小伙子?"

"哦,没事儿,女士,我第一次来这儿。"术贰犹豫了一会儿才回答。

他打量着中年妇女,她自然的动作、丰富的表情令术贰觉得怪怪的,却又说不出哪里怪,但他觉得,这是他见过的最正常的人类。

"怪不得没见过你,你来自哪儿啊?"妇女问道。

"嗯……我不知道名字……那是一个灰绿色的小星球。"

"哦,小外星人,没有地方歇脚的话,就来我家吧。我家经常有各种活动,挺有意思的。"中年妇女微笑着说。

"嗯,谢谢。我叫术贰。"

术贰跟着中年妇女沿着公路走,两边是各式各样的房屋,上面洒满了金色的光。这是在灰蒙蒙的世界中长大的术贰单凭脑子永远想象不到的景色。

他们走到了一座尖顶的房子附近,房子边上有个游泳池,池边躺椅上坐着一个麦芽肤色的女孩儿。

"淳淳,进屋吃饭啦!"中年妇女对着女孩儿招手。"我女儿,叫淳兮。"她又扭头对术贰说。

淳兮用手遮阳,眯着眼看着陌生人,起身进了屋子。

"这是个小外星人,叫术贰,是个有礼貌的傻小子。"中年妇女乐呵呵地向女儿介绍。

女孩儿有棕色的披肩自然卷发,鼻子周围透出淡淡的红润色泽,穿着凉爽的白 T 恤和小花裙。

她有点内向,看了眼古怪的术贰。"嗯,你好。"她点了点头说。

中年妇女把手里提的带着水雾的饼放在餐桌的空盘子里。桌子上有几碟菜,虽不丰富,但让人看起来十分有胃口。

她示意术贰坐下:"你从来没来过这儿的话,就多在这儿玩两天,我们好了解一下你的种族。"

"这里以前特别好，就是最近两年开始打仗了，但我家这边还算安全。"淳兮说，"我妈妈特别喜欢找些孩子来家里玩。"

术贰多次道谢，但是心里却没太理解她们的意思。

吃完饭后，妇人给术贰收拾了家里的空屋。术贰在屋里转来转去，观察着屋子里的陈设。

这里有很多老照片，其中有一张妇人年轻时和一个英俊的男人挽着胳膊的照片。柜子里有一张英俊男人穿着军队制服敬礼的照片。

但在有淳兮的照片中，那个英俊的男人从没出现过。这位妇人总喜欢找些孩子来家里玩儿，可能就是出于这个原因。

术贰自己已经习惯了孤独。

第六章 / **人类**

　　术贰在妇人家里住了一晚,醒来的时候已经是当地的中午,他从床上坐起来,看见门开着一条缝。淳兮在门外歪着身子看着他,术贰迷迷糊糊地招了招手,淳兮慢慢地回应了。

　　术贰洗漱完,来到门外的游泳池边,对着水发呆,眼里泛着光。

　　淳兮坐到了对面的躺椅上。

　　"水池。"术贰说。

　　淳兮轻笑了一下。

　　"这个星球79.6%是水。"木木说。

　　淳兮满脸好奇。"那是人工智能吗?"她犹豫了一会儿才问。

　　"嗯,她叫木木,有搜索功能。"

"哈啰!"木木说。

淳兮微笑着咬了咬嘴唇,绕过游泳池,把一个平板电脑给了术贰,转身回了屋里。

术贰看了看她,打开平板电脑,里面有很多短纪录片,被命名为"人"。

纪录片中说,人类来自地球,一次异常的陨石撞击给地球造成了毁灭性打击,为数不多的人用意识发射器把自己的意识传送到了提前发射到笼星的人造躯体上,才幸免于难。虽然这只是传说,但有不少笼星研究人员认同这个说法。以前的世界没有机器人,没有改造人,有的是各种不同形态的生物,它们构成了地球的自然生态。在笼星东部城市的博物馆里,还有人类从地球来到这儿的遗迹,不过大多数人认为那只是旅游业的炒作手段罢了。

"我记得老董说柿树在地球上。"术贰说。

"真的有吗?"木木半信半疑。

术贰想了想说:"咱们先去东部城市里的遗迹看看吧,那里肯定有能读懂古文字的人。"

术贰关闭了平板电脑,走进了屋子,对妇人说:"我想我该走了,谢谢您的招待,我想去东部城市里藏有人类遗迹的博物馆。"

妇人说:"哦,好吧,我给你那里的坐标。路上小心。"

淳兮在旁边的屋子里静静坐着,看向走到屋外的术贰,习惯了孤独的术贰。

术贰转头要走,却在淳兮的屋门前停下。第一次长时间的对视后,淳兮犹豫地摆了摆手。

金色的光被墙壁挡住了,唯独一束光透过窗子照进屋内,照亮了淳兮的半张脸和棕色的头发。

淳兮用颤抖的手给了术贰一枚硬币,术贰碰到了她冰凉的手指。

她把将他俩隔开的门关上了。

术贰面对着门站了一会儿,贴近了门缝说:"拜拜。"

说完,术贰快步走出了门,头也不回。封闭的屋子里淳兮坐在桌边的椅子上抿着嘴,发着呆,快速地眨了眨眼……

"淳兮的声音我好熟悉,好像很久以前听到过一样。"木木说。

术贰心跳剧烈,掰着手指来缓解来历不明的躁动。

他打开了定位仪,照着坐标的方向走了好远,才回了一次头。那座小房子已经模糊了。

沿路越走越繁华,随着天色慢慢暗了下来,霓虹灯的光渐渐占据了城市。术贰感觉到小小的兴奋,这是他第一次见到无数的人走在街上。宽阔的街上人潮涌动,所有的人都埋着头走,整条街上似乎只有术贰有颜色。

一些交叉路口被栏杆拦住,上面标示着"前方战区"。

术贰走了好远,离飞船也已经好远,才走到坐标显示的位置。术贰上了台阶,面对着高大的玻璃门,看到里面的灯光是暖色的,很明亮。

一个机器人门卫让他出示门票，术贰满脸疑惑："我没有。"

"去那边买一张。"机器人门卫指着售票口。

"哦，等等，现在要闭馆了，先生。你明天再来吧。"机器人门卫突然说。

术贰走向售票口，售票口已经关闭了。

此时，路上的人已经少了很多，术贰站在路边，看着整条街上的灯光。路人匆匆忙忙地走着，与他擦肩而过。

术贰找到了路边的休息站，躺在了里面的长椅上。他感到脚很灼热。

术贰在休息站休息了一晚上，天亮后直接去了售票口，售票口显示需要面额为十的货币，而术贰身上只有一枚硬币。售票的人说这个硬币不是货币，是一枚纪念币。

他又翻了翻自己的背包，看看有什么能卖出去的，却翻到了面额为二十的货币，术贰满脸疑惑，只能想到两种解释：它是淳兮的妈妈塞的，或者是淳兮塞的。

想到这儿，术贰从心里涌上来一阵暖流，这是他出生以来第一次感受到温暖。他心跳加快，脸上感到一阵灼热。

术贰犹犹豫豫地买了两张票。多的一张，实际上没有意义。

他把身上带的枪藏到了灌木丛里，去门口把票递给机器人门卫。机器人门卫扫描了一下票，让术贰通过了。

一进门，恢宏的建筑让术贰起了一身鸡皮疙瘩。

往里走，有各种有关人类起源的猜测，但都有些杜撰的感觉，有些甚至很荒谬。

展厅里陈列着各种关于过去人类的展品,还有刻着奇异文字的太空垃圾。此外,还有外形奇特而简陋的机器人,标牌上写着研究人员认为这是用来制造人造人的打印机。这是研究人员对地球传说的解释证据之一。标牌最底下写着"渊之博士"。术贰找了保安,问渊之博士在哪里。保安说不知道。术贰问其他观展的人,也没有人知道。

讲解员见到术贰问来问去,走过来告诉了他一个地址,又提醒他,渊之是个脾气火暴的人,没有重要的事,不要去打扰他。

术贰思考了一会儿,出了博物馆,拿回了枪。术贰按地址走到了一栋旧房子前,按了门铃。门铃响了,屋里传来一声大喊:"谁啊?"把术贰吓了一跳。急促的脚步声越来越近,一个头发不多的中年男人通过门禁系统的屏幕看着术贰。

他就是渊之博士。渊之博士看着门外的少年,沉默了一会儿,打开了门。

"你是谁啊?来干什么?"渊之厉声问道。

"您好,您是渊之博士吗?我……我想去地球。"术贰冷静地回答。

"地球?没人信有那东西!进来!"

术贰赶紧迈进了门,又补充道:"我还想读懂一些古文字。"

渊之往屋里走,术贰紧紧跟着。渊之在书架上找了找,抽出一本笔记本给了术贰。"你自己看就行,我以前总结的。"笔记本旧旧的,像被翻了无数遍又好久没翻了的样子,里面是各种手写的古代文字和对应的字意解释。

术贰将笔记本翻来翻去，感觉还是很有意思的。

渊之坐到沙发上，手朝另一个座位挥了挥，示意术贰坐下。

"你多大了？哪里来的？为什么想去地球？"渊之问。

术贰想了想，答道："我是从一个小星球来的，不知道自己多大。我认识的一个老人说以前有个机器人告诉他，地球上有种植物叫柿树，果实有特别鲜艳的颜色，我想去找。"

"把你家的坐标告诉我。"渊之打开电脑说。术贰说了坐标，渊之输入了电脑，电脑显示："JM 星系，未命名星球。"

渊之揪了术贰的一根头发，术贰一惊，捂住头说："这是干什么啊？"

渊之没说话，把头发放进了仪器。仪器扫描了术贰毛囊上的细胞，结果显示基因和人类相似度为 99.82%。按渊之还原的地球公元纪年法来算，术贰已经满十八岁了。

"你和纯正人类不太一样，可能是环境影响的，要不就是改造过的。"渊之的情绪变得缓和了很多，仔细看着分析结果。随后，渊之用满是血丝的眼睛看着术贰，说："地球是真的，孩子。我去不了。那里有幸存者，已经进化了。我不想引发战争，所以没有把地球的坐标公之于众。我一没有飞船，二身体不好。"

渊之脸上满是不愿，他抓起桌子上的酒精饮料，仰头喝了一口说："你自己去吧，坐标给你。旅程很长，你保重吧。"渊之给术贰写了坐标，转头回了自己的卧室。

术贰瞠目结舌："谢谢，我……那我出发了。"

术贰把地球的坐标输入了木木的载体，然后看了一眼屋里的渊之,他半躺在床上喝着酒精饮料,平静地看着电视。

术贰沉默地离开了。

第七章 / **静默小行星带**

术贰走了好远，才回到飞船里。睡了一觉后，他把目的地坐标设置成了地球。设备警告需要一千二百二十六次空间跳跃才能到达地球。

这么多次空间跳跃一次性执行的话，组成生物的粒子的排序会被完全打乱。这种方式造成的死亡不会留下一些碎片。

术贰设置成一次执行四十次空间跳跃。就算以术贰的体质，完成空间跳跃也会感到头晕恶心。

术贰执行了第一次空间跳跃，来到了一片寂静的小行星带。术贰晕晕乎乎地坐到了椅子上。他扫描了飞船附近，有很多金属残片之类的太空垃圾。

这个小行星带虽然静默，但可发掘的资源还是不少的。

术贰闭着眼睛休息了一会儿，准备在附近转转。

"你要出去的话,带上喷气背包,以防脱离导航系统。"木木说。

术贰点了点头,起身走向了气闸舱。太空服后面的东西把术贰吓倒在地:一具面部和四肢都轻微扭曲变形的尸体,不难看出,这是渊之博士。

术贰艰难地平静下来:"我知道,我早就知道,他很绝望。"

术贰强忍着颤抖、作呕等身体反应,给渊之穿上了破损的太空服。术贰从他的背包里拿出笔记本,放进了驾驶舱。

背上喷气背包后,术贰带着渊之的尸体准备出舱。气闸舱泄压,渊之的面罩裂痕处发出刺耳又令人恐惧的声音。完成准备的流程后,渊之的尸体结了冰,他的意识早已飘散,无法采集。

飞船停转,在寂静的太空飘浮起来。舱门打开了,术贰依稀能听见自己还未完全平复的心跳。在巨大的小行星带中,他的心跳显得非常微弱。

术贰的喷气背包中有导航系统,通过改变飞船的磁场,术贰可以按照规定的行动路线在太空中行动并安全回舱。

他用绳索连接着渊之,渊之在他身后似乎与这小行星带的寂静融为一体,一动不动。

术贰不敢再转身直视渊之了。他向着远处停驻着废弃矿机的地方飞去。

矿机旁边有间临时板房,术贰打开了门。一些手稿飘在屋里,是矿机和各种仪器的蓝图。术贰观察着房间,呼吸被静默压制,有微弱的窒息感。

屋子里飘着一张单人床，在失重的环境下，它是个无意义的工具。床腿上拴着一块怀表，这是非常古老的计时工具。怀表上只有一根指针，指向七。

术贰把渊之拴在了床上，他认为这能使渊之安息。

他转头出了屋子，矿机有带爆炸痕迹的裂口，他飞向另一台矿机附近的房子。

一个穿着太空服的男人背对着门口，术贰把他转了过来。男人平静地看着他，嘴动了动。术贰仔细辨别他的嘴形，尝试读唇语。男人说的大概是二号矿机出故障了。但男人似乎并不在意，眼神平静地注视着静默的小行星带。术贰只能听见自己的心跳声和呼吸声。

即使屏住呼吸，也不能阻止心跳。

男人闭上了眼睛，术贰转身出了门。

在撞击形成的沟壑里有亮红色的矿物，术贰没有开采和炼制金属的设备，这些资源对他而言耀眼但不可得。

术贰转身看了看渊之所在的房子，一切依旧平静。男人从屋里出来，向着没有星星的暗处飞去，越飞越远。

一颗小行星飞过，男人撞在上面，被无声无息地带走了。

两颗小行星相撞，术贰感到巨大的能量和压迫感。

术贰看了看自己的飞船，觉得长时间待在这儿并不安全，他回到了飞船里。

虽然头晕已经缓解，但术贰一无所获。

术贰脱下太空服，启动了飞船。隔着窗子，他看着矿机旁边的板房,也变得沉默。

"这个地方太诡异了,咱们赶紧走吧。"木木说。

术贰吃着从笼星带来的罐头。

"嗯,我感觉差不多了。"术贰仍然看着那房子,面无表情。

又是一次空间跳跃,术贰无法想象这样的折磨他还要经历数十次。

术贰头晕晕的,脸有些发热,慢慢睡了过去。

醒了以后,头还是晕晕的,有些恶心。

飞船来到了一颗离恒星很远的巨大白色星球边。

术贰舒适地眯了一会儿后,驾驶飞船登陆这颗星球。这是一颗缺乏恒星照耀的星球,非常寒冷,上面有无尽的冰雪。

"这里有生命吗?"术贰问。

"有,积雪的下面资源丰富,所以有人类和机器人活动。"木木轻声回答。

"你登陆时得带上加温系统。这里的平均气温是零下七摄氏度。"

术贰心里有些暖,痛苦后的安宁让他感到放松。

第八章 / 零下

　　飞船陷进厚厚的雪里。远处有一座座房屋和大型采矿机。术贰打开了滤光镜，一脚一脚踩进雪里，一片白色让他无法睁大眼睛。

　　术贰走向附近的房子，一个小姑娘站在楼梯上睁着大大的眼睛看着他，转身跑进了房内。自动门关闭。

　　"爸爸，有人！"小女孩儿在屋里喊。术贰站在楼梯上左右观察，一个穿着制服的男人从自动门里走了出来。

　　"你是哪位？"男人问术贰。

　　"我是从外星来的。"术贰打开了面罩。

　　男人看着术贰，眼睛像两个黑洞。

　　术贰感到不安。"不好意思，打扰了。"术贰转身要走。

　　"没事儿，留下来歇会儿吧。我给你介绍一下这里。"男人说。

男人的皮肤发红,眼睛细长,眼球几乎全是黑色的。受环境影响,这里的人都有这样的特点。

"你在太空流浪吗?看你年纪轻轻的,为什么不找个地方安稳地居住?"

"我要去找地球。"

男人疑惑地看了一眼术贰。

"地球存在吗?存在的话,估计也毁灭了。"男人说。

术贰进了男人的房间。小姑娘坐在地上玩球。

"我带这个怪哥哥看看我们家。"男人对小姑娘说。

"她还不太会说话。我就在这间屋里工作,有问题找我。一会儿外面有暴风雪,你先在我家陪她玩会儿。"男人似乎很信任术贰。

小姑娘爬起来用好奇的眼光看着术贰,走到术贰面前,揪了揪他的手套。小姑娘揪着术贰要走,说:"楼下。"

这座房子的大部分都在地下,从地下直接摄取水和食物,地下有生物可以提供肉类。小姑娘给了术贰一包塑封的肉排,是用一种养殖的地鼠的肉做的。楼下房间里到处都是玩具。小姑娘坐在了地上。术贰蹲在她旁边看着她,房子外的风声越来越大,小姑娘仍然专注地玩着手里粉色外壳的磁扣。

术贰问:"这是什么颜色?"

"红色……粉色。"小姑娘磕磕绊绊地回答。

"它们为什么会吸在一起啊?"

"它们……它们会飞。"小女孩儿又想了一会儿,说,"因为它们有脚,站在一起啦。"

小姑娘思考了好久,抓起画笔到处乱画去了。

"哎,别往墙上画。"术贰拿着纸说,"来,我给你画个地鼠。"小姑娘趴着认真看着术贰画。术贰照着小姑娘故事书上的卡通地鼠画,画得很像。

小姑娘用染了画笔颜色的手拿着术贰画的画,开心地跑来跑去,她看见术贰的大头盔,又伸着小手要玩儿。

术贰把头盔给了她。头盔不沉,她顶在头上,盖过了肩膀。

外面的风雪声听起来小了很多,术贰带着小姑娘上了楼。

她的爸爸还在认真地操作仪器,看见女儿手里拿着画,顶着头盔,不禁扑哧一笑。

"这是谁画的啊?"

"怪哥哥。"小姑娘面带笑容。

红皮肤男人很满足地抱起女儿。

"你要走了吗?暴风雪过去了,距离下次还有很久。"

"嗯,该走了。"术贰回答。

"别走呀,怪哥哥是朋友。"小姑娘一本正经地说。

"他还有别的朋友呢。把头盔还给他吧。"红皮肤男人说。

小姑娘噘着嘴抱起头盔,画掉在了地上。术贰接过头盔,安到了太空服上。

"你有一个雪斑马,我没有,你不能走。"小姑娘说。

在白雪皑皑中,术贰感到温暖。

术贰站在门外，朝着小姑娘挥挥手。他向飞船走去，在物质上，这一趟好像除了一包肉排没有别的收获。不过这一趟让他感受到了最真实的零下的温度。

术贰回到了被积雪埋得很深的飞船。

飞船起飞，覆盖其上的积雪落下。

第九章 / 流浪的空间站

在一次空间跳跃后,飞船停在了奇怪而古老的空间站旁边。

外面是一片黑暗,术贰打开了飞船朝外的灯。

这么古老的坐标仍然存在,但是这座空间站是用来干什么的呢?

术贰扫描了几光年之内,没有一处可以停泊的坐标。术贰准备对接,但靠近后发现所有对接口的型号都不符。

只能出舱活动。术贰收拾了一下所有的物品,擦了擦太空服,穿上后准备到空间站里看看。

出舱后,术贰用备用绳索将自己的飞船连接到空间站上。术贰绕着空间站转了好几圈,找到了一个舱门。他扒着把手,打开了头灯,仔细观察了好久,最终还是用背包里的撬棍打开了舱门。

里面一片漆黑,到处飘着物品。

术贰产生了少有的莫名其妙的恐惧感。这是来自古老的人类本能——对黑暗的恐惧。

他心跳加速,手本能地护在身体的前面。

这里似乎没有活物,非常安静。术贰沿着太空舱的墙壁探索,发现一个星球的模型,蓝色和绿色交错其上。术贰抓住这个星球模型,收进了包里。

术贰抬头一看,一个冻死的宇航员在他面前,穿着无比简陋的旧宇航服。术贰全身僵住,和冻尸对视。

"哔哔滋滋……贰,你在做什么?"木木的声音里带着杂音。

"有东西在干扰我,会造成永久性损害!"木木说。

术贰的心一下提到了嗓子眼儿,失手把冻尸的脑袋打碎了。他面对黑暗瞪着眼,吓得浑身发软。

"刚才有个尸体,他的大脑被封存得完好,但应该是个'空壳',所以对你的意识储存有干扰。现在没事儿了,没事儿了。"

他的飞船灯光从空间站的小圆窗照进来,只驱走了一小部分黑暗。

术贰到了下一个舱。这里是主舱,有一些通信设备。

他凑过去随便点了点设备,突然想起老董讲过的事情。老董懂得最古老的通信设备使用方法,因为原理很简单。

术贰回忆着老董讲的步骤,按照记忆尝试操作。突然他看到墙上的喷漆,写的是古文字。他掏出背包里的渊之的笔记本,对照着墙上的字翻来翻去。

"这里是良瑶号,请回复。"术贰操作通信设备用古文字完成了信号发送。想都不用想,肯定没人回复。这么老旧的设备,这么遥远的距离,就算有人能接收到,也不知道是多久以后了。

术贰又开始翻箱倒柜,找到一件完好的旧款太空服,不过如此简陋的太空服,他拿走只能当纪念品。

术贰看见窗外闪了一下,马上绷紧了神经,趴到窗边向外看。

自己的飞船还老老实实地待在原处。仔细一看,术贰又惊出一身冷汗:飞船的强光下,依稀能看到一个奇怪的生物。

它从术贰飞船的灯光下平移到旁边,术贰看得更清晰了。紫色覆盖它的全身,四只发光的小圆盘在头上,术贰猜那是它的眼睛。它以诡异的平移来行动。术贰吓得不敢动,他觉得它看到了他,但他又不能确定。

再一眨眼,它还是面朝术贰,比之前更近了一些,然后向后急速平移,越来越远,消失在了黑暗的宇宙中。

"刚才有一股巨大的能量。"木木说。

术贰张着嘴,瞪着眼,看着窗外,没有回答木木。

"这是什么鬼地方啊,快走吧,不知道一会儿还会不会再遇上什么别的奇形怪状的东西。"术贰突然缓过神说。

术贰出了古老的空间站,解开了连接的绳索。他现在只害怕那生物又出现在他身边,快速回到了自己的飞船上。

术贰脱下自己的太空服,安放好捡来的太空服。尽管出了一身冷汗,但他感觉安全多了。

飞船启动了。可术贰不知道的是在回舱前,那奇怪的生物一直跟在他身后。

第十章 / 刃

术贰来到一个看起来很普通的星球。这里的人都穿着植物纤维制作的布衣。

一个蒙面的人接待了术贰,他是个隐士。蒙面人带术贰来到他山中的住所,摆弄着一个没有刀刃的刀柄。

蒙面人给了术贰一些没什么味道的食物,说:"你不了解这里,这里很危险。这里的卫兵是绝对不会容忍你这种外来者停留的,一旦他们抓住你,就会杀了你。"

"我有武器。"术贰说。

"你用的是远程武器,与他们战斗远没你想的这么简单。"蒙面人说。

术贰想不明白。"为什么?"术贰观察着蒙面人没有刀刃的刀柄,认为刀柄有什么蹊跷。

褪色深空

"他们用意念战斗。"蒙面人说。

术贰笑了笑说:"真的假的?"

"不需要刀刃,我是个刺客,不久就要去杀一个人,城里的帝王。我不怕你出去泄密,那样做的话,你也活不了多久。"

术贰还是半信半疑。

休息了片刻,蒙面人带着术贰下山了。

"为什么带着我?我只是来找一种植物,嗯,或者找一个机械载体。"术贰跟在蒙面人身后问。

"天空浩瀚,这是你的必经之路。"蒙面人说。

到了城里,到处都是整齐的矮房子。人们都愁眉苦脸,行为举止都缩手缩脚。所有人都穿着土色的破布衣服。

人们用恐惧的眼神看着术贰,有的人像见了鬼一样躲进屋子里。

蒙面人带着术贰拐进了窄巷子,躲过了一群带刀的人,他们的衣服都是黑色的。

"他们就是卫兵,是帝王的手下。帝王非常残暴,我应该结束这一切。"

术贰于是认真起来,警惕地观察着周围。

他们来到了大殿附近。这里除了卫兵没有其他人。

门口有六个卫兵,整齐地站在门边。

蒙面人像扔飞镖一样一甩胳膊,远处的卫兵瞬间倒下了两个。

"你站着别动,我向你招手,你就赶紧来!"蒙面人紧锁着眉头，冲了出去。

剩下的卫兵都拔出刀，卫兵的刀都是银光闪闪的，只有蒙面人拿着没刀刃的刀柄。

蒙面人身手矫健，躲过数次令人畏惧的冰冷刀刃。蒙面人一挥刀柄，三个卫兵就口吐白沫，颤抖倒地。蒙面人扫倒了最后一个卫兵，踩住他的脖子，无刃刀在蒙面人手中像有刃一样，刺向卫兵的胸膛。卫兵拼命挣扎，却喊不出声。

蒙面人一招手，术贰就和他一起冲进了大殿里。

"卫兵的喉咙都被改造过了，他们不会说话，但是会用眼神更快地传递信息。"

术贰满脸震惊，殿内都是身穿淡绿色衣服的人，侍奉着中间的帝王，没有一个卫兵。帝王是个半机械人，看到闯入者，也没有任何表情。

淡绿色衣服的人们都吓得四处逃窜。术贰绕到一边，蒙面人又做出甩胳膊的动作。

帝王一只手紧握着座位扶手，另一只手拿出没刃的剑柄。蒙面人的招式似乎对帝王没有作用。帝王突然跳下王座，僵硬地向着术贰跑来。术贰掏枪射击，击中了帝王的腹部，帝王毫不犹豫拿着无刃的剑柄向术贰一挥，术贰本能地伸出手去挡。

蒙面人一脚踢开了帝王。术贰感到手臂一阵剧痛，心跳瞬间加速，他后退几步，看到自己的手臂上出现一道细细的瘀痕，他分明感受到了剑刃。

帝王突然挥起右臂，跃向蒙面人，右臂重重打在蒙面人的喉咙上,膝盖顶到蒙面人的腿上,蒙面人瞬间被打翻在地。他的刀柄飞了出去。

"快!"蒙面人喊,帝王的剑柄已经抵到了蒙面人的胸口。蒙面人痛苦地抓着帝王的手,再也说不出话来。

术贰打光了子弹。帝王身上虽满是伤痕,但丝毫没有变虚弱的迹象。术贰捡起刀柄,双手颤抖,他反复观察着手上的刀柄。

帝王依旧面无表情,起身走向术贰,术贰突然一挥刀柄,帝王跪在地上,皱了皱眉。

术贰转头就跑。帝王缓慢地站起来,看着跑远的术贰,转头一瘸一拐地回到了王位上。

第十一章 / **躯体**

术贰跑回飞船上,感到难以呼吸。手臂上的瘀痕已经在出血了,他从柜子里拿出了外伤急救药物,注射进手臂,然后清洗伤口,将手臂包扎了起来。

"这是真的吗?"术贰小声说。

他看着放在桌子上的刀柄,思考了许久。

"他拿没刃的剑柄划伤了我,是大脑信息传递造成的错觉吗?"术贰不解地说。

"这是一种绝对的'催眠术',没……事儿了吧?"木木说。

术贰启动了飞船,离开了这个星球。

"这种感觉,还要有几次!"术贰眼眶湿润了。

"哦,什么?"木木延迟了一会儿说。

术贰看向摄像头,表情有些慌张。

"给你找个机械载体。"术贰忙乱地操作飞船进行了空间跳跃。

这是一个奇怪的星球,闪着白色的光,一片一片像宝石一样。术贰打量着窗外奇异的星球,心慢慢平静下来。

"这个星球上 39.86% 是城……市。"木木说。

"这里肯定能找到机械载体!"术贰启动了着陆系统。

飞船降落在城市中心的马路上,马路被术贰的飞船压碎了。市民们慌忙逃窜。术贰发觉到了异样,但是当地的治安人员已经包围了他的飞船。

治安人员对他喊话:"我们是和平的,请出来与我们谈一谈,亲爱的朋友!"

术贰出来了,人们都注视着他,满脸疑惑。

"他不是外星人吗,为什么和我们长得一样?"一个治安人员问身边的同事。

显然他们不知道如今人类在宇宙中的足迹,认为自己是唯一幸存下来的人类。

"这里是地球吗? 呃,这里是哪儿啊?"术贰问。

"哦,他在说我们的语言,你听他糟糕的口音。这里是宇宙的中心,伍星!"治安人员挺着胸脯高傲地说。

说完人们就都散了。术贰思考了一会儿,也没明白他们是什么意思。

这里已经进入黑夜,无数的人拥进一个广场,里面灯光璀璨。

术贰跟着来到了广场,突然灯光都熄灭了。他愣在原地,还没适应黑暗的他,睁大眼睛仔细观察着周围,无数的人从他身边经过,拥挤着朝一个方向走去。

木木说:"前面有水,是湖。"

术贰扭头瞟了一眼背包,耸了耸鼻子。过了一小会儿,视野内变得清晰了很多。

突然,远处的人群中发出一道蓝光,是射灯发出的光线,巨大的音乐声从周围响起。

术贰吓得一哆嗦,捂住了耳朵,心脏随着音乐的节奏被迫跳动,让他不禁咳了咳。湖面映出拥挤的人影,人们朝向湖中心的巨大喷泉奔跑,都举着摄像设备对着喷泉。

术贰被这奇怪的现象震撼,又不由得产生了恐惧感和压抑感。

"贰,飞船有情况。"木木说。

他听到后逆着人群往回钻,拥挤的人群像巨浪,挤得术贰东倒西歪。他费了好大劲儿,才回到飞船旁边。

飞船被人们包围了,人们举着摄像设备对着飞船拍摄、自拍。飞船周围拥挤不堪,有人背着手装作很懂的样子,看着飞船的金属外壳,嘴里还念叨着什么,有人在飞船外壳上敲敲打打,还有人在上面刻字。

术贰挤过人群,听着被挤的人的咒骂。他跑进了飞船。突然人们拥上来,试图进入飞船。他被吓到了,脑子一热,开始用脚踢拥上来的人。

术贰手忙脚乱地关闭了舱门，然后坐在地板上长舒一口气。飞船还在随着音乐的节奏震动。

"人太多了。木木，咱们走吧。再找个地方，换个地方。"

"嗯。"

术贰敏捷地站起来。敲打飞船的声音让他的心跳没法平缓下来。他启动了飞船，望向窗外，人们吓得连忙后退，前面的人被后面的人绊倒。人们仰头看着他的飞船，带着一脸无知的表情。

术贰定了下一个目标，动作依然是急促的。

"怎……怎么了？"木木问。

术贰望着摄像头，咬了咬嘴唇，眼皮快速眨了几下，心情有些沉重。

但他最终没有回答。

术贰的嘴角烂了，吃着不知道什么动物的肉做的罐头。

他的眼圈有点红，在空间跳跃后，他的胃有些疼。

"到了，到了！"术贰含着食物说。他趴到窗边，看着又一个星球。光明的星球，但不知道又会有什么阴暗之处。

术贰给木木的原始载体换了电池，带着它出了舱门。

"感觉好多了。"木木说。

术贰勉强微微一笑。身边是冷清的街道，一个男人直愣愣地站在路中间，路上没有任何交通工具。

光线极其刺眼。术贰走过去好奇地看着路中间的男人。这人中等个子，留着常见的整齐发型。

"你好,这里有卖机器人的吗?"术贰在男人背后问。

男人一哆嗦,扭头看向他。男人的眼球是全白的,但术贰能感觉到他的目光。术贰的血液涌上头。

"往前走,然后往这边拐。"男人比画着回答。

"谢谢,嗯,你在做什么呢?"术贰问。

"为什么路上没有交通工具时,人们也不会站在路中间啊?"男人挠着脸颊说。随后男人扭头又开始一动不动地站着,并没有想回答术贰的意思。

术贰边思考边朝着男人指的方向走去。

果然有个机器人商店。柜台后的沙发上坐着一个大胖子,正在打瞌睡。沙发表面满是褶皱,似乎已经被坐得变了形。沙发边上陈列着破旧的机器人肢体,有些已经生了锈。

"您好,我要选购机器人。"术贰对大胖子说。

大胖子停止打呼噜,睁开眼睛,同样是纯白色眼球。

"啊,挑吧。"大胖子说完,又合上了眼睛。

"我想要跟我差不多年龄的女性机器人。"术贰紧接着说。

大胖子指了指屋里。屋里都是丑陋破旧的机器人躯体,虽然形体看上去是女性,但是面部实在不堪入目。

术贰无奈地走出了商店。街上人变多了,天上下起了毛毛雨,远处有几个急救人员,抬着刚才站在路中间的那个男人,他好像受伤了。

术贰抬头看天,眼睛难以睁开。

路上的人们都撑着伞,只有术贰迷茫地左顾右盼。一个女孩儿停下来,放下伞,看了看天空。她又看了看周围的路人,然后用白色的眼睛与术贰对视。她在犹豫了一会儿后,撑起伞走了。

"没有交通工具的路上,也不会有人走在路中间。"术贰思考着,雨已经淋湿了他的肩膀。

"什么是躯体啊?"术贰问木木。

"嗯,其实也不太重要,可能就是强迫执行生物本能的枷锁吧。"木木流畅地说。

术贰瞟了一眼右边,他的注意力在背包上,听得很仔细。听完,术贰的表情好像轻松了很多。

"他们都不愿意放下伞,但是我淋湿了。躯体和意识,都容易受伤?"术贰的思考使他语无伦次。

"嗯,嗯,生存是挑战,满足温饱就追求梦想,别想什么躯体了,去找柿树。"木木的声音有些颤抖。

术贰看见大楼上的屏幕正播着机器人的广告。术贰记下地址坐标,回到飞船上,向着坐标的位置去了。

他驾驶着飞船向城市的中心飞去。街上人多了起来,街边也变得繁华。

他缓慢地降落在停了好多交通工具的地方,离坐标显示的地方不远。术贰找到的这家店,比之前大胖子的商店高档得多,里面的店员穿着整洁,看见白净的术贰,表现得非常热情和恭敬。

"您需要什么款式的机器人,小伙子?"服务员面带僵硬的笑容跟在术贰后面。店员的推销词源源不断,术贰尴尬地点头回应,很不自在。

术贰简单描述了木木的特点。店员向他展示了一款漂亮的机器躯体,是双丸子头的造型,和术贰在合轮市场看见的那款一样具有完美的形体曲线,甚至比那款还要精致。只是标价牌显示着术贰从未见过的货币单位。"多少节电池能换这些钱啊?"术贰问。

"哦,你是外星来的。你可以先试一试,我需要和老板商量。"店员弓着腰,打开了机器人的意识储存器,然后走进了屋里,和一个机器人交谈起来。

术贰难以控制自己的激动,让木木搜索了附近的意识储存器。

机器人蹲在了地上。"哇!"木木叫道。木木适应着自己的新身体,关节夸张地扭动。术贰看着,捂着嘴,流下眼泪。

"她多久没有机械载体了啊? 需要适应几天吧。真是令人激动的时刻。"店员走过来说。

术贰小声问店员:"她的意识受损了,智商没问题,就是说话不流畅,还能恢复吗?"

"只要有新的机械载体,就能学习,学习一段时间就恢复了。"店员说。

术贰激动得不得了,抱起木木,说不出话来。

"我们这里镉元素稀缺,电池很贵,穷人被迫把意识传送到宇宙的其他星球。但是这款机器人的科技很先进,所以要七十二节电池,不能再便宜了。"店员仔细地讲解。

"才七十二节! 我买了!"术贰摸摸鼻子说。

"才?"店员惊讶地说。

术贰操作背包里的物质近距离传送器,把早就准备在飞船传送台上的那包电池传送了过来。

术贰点出了七十二节电池,店里的其他人都看呆了。

"谢谢贵宾,这个芯片是这款机器人的说明,可以用学习机浏览。"

术贰接过附件的包装盒,收拾好东西,背起了木木,走出了商店。

其他顾客用羡慕的眼光看着他们,眼角也都湿润了。

木木的脸贴到术贰的耳朵上,术贰感到热热的,金属像是有了体温。其实是术贰的脸红到了耳根,才觉得非常温暖。

关于爱情,术贰总是一知半解。不知道这种跨越物种维度的力量占据血肉心脏的感觉是什么样的。他只是有过遐想罢了。

回到飞船上,术贰把木木放在软垫子上,木木爬起来看着术贰,像个小孩儿一样,尝试站起来。

"你怎么不说话?"术贰问。

"我……我太爱你了。"木木掰着手指说。

"你慢慢适应吧,我去看看到下个地点还有多远,你小心点啊。"术贰捏了捏木木的鼻子,坐在了驾驶座上。

他埋头看着屏幕,心思和注意力却全在木木身上。没一会儿,术贰累得睡着了。

木木扶着墙站起来了,努力保持平稳,走了两步却又趴在地上。她翻过身子,慵懒地躺在了地上,看着在驾驶座上睡着的术贰。

她默默等着术贰醒来,对于一个很少休眠的机器人而言,等待多于孤独,她擅长等待。

术贰迷迷糊糊抬起头来说:"走了啊。"又迷迷糊糊地启动了空间跳跃。

他们来到了一个形状奇怪的星球。这个星球不大,离近了看,一边长着清晰可见的尖尖角,应该是一座巨大的山峰。

木木的学习能力很强,她能平稳地站着了。术贰扭过身子,努力睁着眼睛看着她,龇着牙笑。

"哈哈,好傻啊。"木木说。

"你能走路了?"术贰问。

"嗯,走不好。"她回答。

"去那座山上看看,走不好我就背着你。"

飞船降落在了半山腰的一块平地上,术贰用学习机读取了木木的说明书,她用冰凉的手拉着术贰,笨拙地出了舱。

外面的温度刚刚好,远处上山的路上有不少人影,看起来都很笨拙。

他们走到路边,路连到山上,有好多级台阶,像天梯,人们准备登上山峰。虽然是半山腰,但是下半段很平缓,所以登山从这里才刚开始。

褪色深空

"你好，这山有多高啊?"术贰问路人。

路人用奇怪的口音回答:"大概……不知道。"

术贰又问:"为什么要上去?"

"大家都登……不知道。"路人头也不回地开始登台阶。

术贰让木木走前面，自己在后面慢慢跟着她。

木木小心翼翼扶着扶手，一步一步地迈上台阶。

第十二章 / **山峰**

　　木木走路越发熟练,术贰跟着木木。身边的人都满头大汗,走走停停,术贰却丝毫不喘。

　　"小伙子不知道累。"一个男人跟身边的另一个人说。

　　走了好久,术贰和木木坐在了两级台阶之间的长椅上休息,有的人坐在台阶上喝水。风吹着黄色的树叶,透过树叶缝隙的光斑在木木身上晃动,木木身上的红色显得十分温和,并没有艳得刺眼。

　　路边的岩石间流着水,一只手掌大小的动物逆流而上,扒着石壁艰难地往上爬。飞溅的水形成水雾,与术贰的汗水融合,潮湿又闷热。

　　术贰伸手触摸水流,不经意把小动物冲下了石壁。

　　好多人坐在台阶的中央,路变得狭窄拥挤,坐着的人闭着眼睛,丝毫没有留意路过的人的腿擦过他们的臂和肩。

有人朝着崖壁大喊,刺破了宁静的空间,声音击在对面的石壁上再反弹回来,那奇怪的呼喊声格外刺耳。

对面的石块被震下来,顺着山坡滚进了深谷。

术贰皱着眉头继续登台阶,开始遇到下坡的人。下坡的人扒着栏杆望着远处,腿贴到栏杆上,挤死了一只小虫子。

他说:"我从山的那一头上来的,翻过了山峰,从这头下去。"

术贰问:"还有多远到山顶?"

"不远了,这边的路好走一些。"

然而术贰累得满头大汗,并不觉得好走。

果然他们没多久就走到了山顶,周围被高高的植物挡着,看不到任何风景,到处都是衣服被汗水湿透的坐着休息的人。

术贰的脸热热的,晃着身子,想从植物的缝隙间看看外面,却只能看到模糊的地平线。

这里并不安静,很热闹,旁边两个人在争吵。

"我上来的这条路非常远,累死我了,你看看你都没我出的汗多,你那条路肯定好走。"矮个儿说。

高个儿说:"怎么可能,我休息了好久,汗都干了,我上来腿都软了。我才更累!"

他们俩陷入无尽的争吵,都在不停重复自己的观点,谁也不听对方的。

木木说:"咱们上来的路平均坡度是 45.37°……不对,是

45.40°。"

"好陡,好累啊。"术贰说。

术贰在旁边的食物补给处取了一些罐头和瓶装水,准备下山了。

他们走了另一条路,地图显示两条路是环形的,最终都会回到停飞船的平台附近,两条路都有坡度。他们走到一半,前面有好几个老太太,看起来很精神,都直直地望着他们,头上戴着用植物叶子编织的简陋帽子,手里还捧着好几顶。

术贰和木木走到她们面前,突然她们一拥而上,术贰本能地抬起手臂挡在身前,老太太们包围了术贰。她们开始吵嚷着推销自己的帽子,每个人都要同样的价格。术贰愣了一会儿,摆摆手,从她们之间挤了出去。

老太太们还穷追不舍,这些帽子都是用山里常见的植物叶子制作的,有些叶子已经开始枯萎。

术贰头也不回地在下坡的路上快步走着,老太太们迈着小碎步紧跟着,嘴也没闲着。术贰小步跑起来,老太太们再也跟不上了。

突然一个老太太叫道:"哎呀,摔坏喽!"术贰回头一看,老太太们不跟着了,她们中的一个老太太倒在地上指着术贰。其他老太太看着他们:"别跑,都怪你,你得赔!"

术贰拉上木木冰凉的手,扭头就跑,木木没几步就适应了跑步的状态,向下的坡度使他们的脚每次一着地,就不得不花更多的力气来保持平衡。脚步声响彻山谷,潮湿的风吹着术贰被汗水浸透的黑发,罐头在背包里来回碰撞。

这气氛让术贰跑得上气不接下气,有一种像水呛鼻子的不适感。

术贰和木木离老太太们越来越远,这种坡度上的距离,造成从上到下的压迫。这压迫使他们不知道跑了多远,他们一口气跑到了停飞船的平台。

第十三章 / 普通

　　"没白来,拿到了一些罐头。"术贰坐在驾驶舱里说。

　　木木在一边摆弄自己的手指。他们准备离开这个星球。在感知不到边界的太空中,即使是在同一个维度,只是间隔三维的距离,那颗灰绿色的小卫星也让术贰觉得无比遥远。

　　术贰不熟悉现在他心中的这种情感,他才刚学会思念。

　　于是他把飞船升到太空中,对着窗子望着某个方向,思念着那把坏掉的高脚凳,不知道那座白房子是不是有了新主人。可能在无数光年外的那座白房子,已经被陌生人糟蹋得脏兮兮了。

　　术贰脑子里闪现的还是那座白房子。实际上在这个时空,已经不存在那座完美的白房子了。

　　术贰对着窗外发呆,木木对着术贰发呆,空气温和而平静,让人有一丝困意。

术贰伸了伸酸胀的腿,启动了空间跳跃。他向远离家的方向又迈出了一步,现在已经不知道多少步了。他的白房子以看不见的形式存在于他大脑部分神经细胞的生物电流中。

飞船停了,术贰突然感到腿上一阵刺痛。他撩起裤腿,发现腿肚上有些瘀青。

"你好久没跑步了,紧张的肌肉在空间跳跃后会有少量出血。"木木说。

术贰噘了一下嘴,又慵懒地躺回椅子上。飞船在一颗普通的星球上着陆,降落在浅滩里,水花四溅。岸边的人们都吓了一跳。

术贰随着飞船着陆晃了晃,木木坐在了地上。

他打了个哈欠,舒适感带来无法抵抗的困意,他在充足而又温和的光下睡着了。

白色飞船在绿绿的水里,岸边的人们用奇异的眼光围观术贰和木木。

过了好久,术贰醒了,木木站在旁边看着窗外。术贰去洗了洗脸,从木木和窗户的空隙间看向外面,外面围满了人。术贰和木木从舱门出去迈进水里,人们后退几步,看了一会儿就散了。

水没过膝盖,术贰一边吃罐头,一边往岸上走,木木弯着腰用手划水。走到岸上,人们还是不时会瞟他们一眼。

站在岸边,术贰有点迷茫。远处的孩子们在玩水,有几个小孩儿在飞船边敲敲打打。岸上的大人们躺着喝饮料。

一对老人在术贰面前斗嘴,老头儿说不过老太太,就扭头观赏风景。老太太不停地指责。终于说完了,两人沉默了一会儿,老头儿管老太太要水,老太太把水给了他,然后两人从术贰和木木身边走过。

术贰一句话没说,看热闹的心态让他不禁微笑,虽然他听不清他们在争论什么。

天空由粉色渐变到深紫色,随着天色逐渐变暗,岸边人越来越少。

这时走来了一个戴着金属面具的强盗,他抬起了拿着刀的左手,恶狠狠地说:"给我你的……包。"

路边的人们对此视而不见。

术贰左顾右盼,抿了抿嘴,突然一甩胳膊,打掉了强盗的刀。术贰的手指被割开了个小口,木木扑倒在潮湿的沙土上,把刀压在身下。

强盗看着自己空空的左手有点蒙。术贰一抬腿,强盗感到剧痛从腹部延伸上来,随后倒地。

周边的几个路人用与刚才一样的眼光看着他们。

"从来没人反抗过……为什么你……?"强盗躺在地上说。他爬起来转身低着头,狼狈地走了。

术贰开始观察附近高大的植物,这些植物枝干光溜溜的,没有什么果实,长得都很普通。

过了一会儿,强盗抱着一些罐头和饮料过来了。

"陪我会儿。"强盗说。

他坐在地上点了一盏灯,打开了罐头和饮料。

"你为什么不普通?"戴金属面具的强盗边吃边问。

术贰微笑着坐下,和木木靠在一起。

"我从很远的地方来,不懂这里的规则。"他回答。

"哦……这里的人生活很富裕……就是说,有人当强盗只是……仪式化的一种东西吧。"

"好奇怪啊。只是你们觉得普通吧。"术贰喝了一口味道奇怪的饮料。他和戴面具的强盗聊了很久。饮料喝完了,他们互相告了别。

术贰和木木走进旁边的小镇,小镇里都是灰灰的规整方块房子。术贰站在路口扫了一眼四周,有一座比较高的楼房。他走到这座楼底下向上看,一面高大平整的灰色墙,在墙边上孤独地存在着一个方块窗子。

术贰绕到楼前,进门就是楼梯,随着楼梯曲折上升,直通向一道门,没有任何其他分支的楼道。

术贰有些兴奋,敲了敲门。一个瘦高的人打开了门,他脸色苍白,穿着灰色的整齐的衣服,整理了一下领子问:"有什么事吗?"

"你好,这么高的楼里只有这一间小屋吗?"术贰问。

"……对。"

"为什么?"

"这样才叫大楼啊,我有一栋楼,是不是很气派? 你看附近的人都没有这样的楼。"瘦高男人又整理了一下衣领说。

"哦,那你知道这个星球上有叫柿树的植物吗?"术贰扽了抿嘴问。

"植物？你找这么不规则、不整齐的东西有什么用？它们都是乱糟糟的。"瘦高男人说完关上了门。

术贰傻傻一笑，模仿了一下瘦高男人轻蔑的表情。然后，他两阶两阶地迈下了楼。术贰环顾四周，意识到周边连个人影都没有，只有一排矮矮的房子。站在他的身前背对他的木木的颜色显得很好看。

他走到另一栋房子前，扒着窗户往里看，里面都是破碎的家具，地面上落满了尘土。

除了这幢高楼，周围的房子都是一样的。这里已经荒废了，没有人住。

这个世界的树都被改造过了。法律规定不能有杂乱的树叶和果实，于是这里的人们把树的基因改造，树长得很快，死得也很快。

他们向着飞船的方向走，又遇到了戴面具的强盗。

"强盗！"一个戴墨镜的人冲着戴面具的强盗跑过去，戴面具的强盗开始跑，他们俩绕着术贰和木木转来转去。戴墨镜的人比戴面具的强盗灵敏，一个飞扑扑倒了戴面具的强盗。

戴面具的强盗喘着粗气趴在地上。戴墨镜的人摘下了强盗的面具，他的脸上画着两道红条，一条穿过双眼，一条从鼻根到下巴，形成 T 字形。

"这是什么意思？"戴墨镜的人问。

"没啥意思，就是为了迎合五官的走向，你不觉得很好看吗?"强盗说。

"太……没规矩了。"戴墨镜的人把强盗带走了。

又到了水边,金色的光照在绿色的水面上。湿湿的沙土上
还留着木木倒下时留下的坑,刀子半掩在沙子里,坑里有些积
水。

木木蹲在旁边,捡起了沙子里的刀。

"走吧。"

在温暖的光下,一阵凉风吹得术贰打了一个寒战。白色的
衣服好像从来没脏过。

"有点凉。"术贰说。

"跟他们一样跑一跑。"木木把刀扔了,朝着飞船跑起来。
术贰露出白白的牙齿笑,也跑了起来。

脚踩进水里,水花四溅,他们摆着手臂,笨拙地跑回了飞船。

术贰坐在气闸舱里把鞋脱了,去洗了澡,并帮木木擦干净了
布满泥点的金属表面。

在术贰眼里,这金属表面的红色总是格外柔和。术贰把弄
脏的衣服丢进了洗衣机,坐在了电子屏和窗户边,打开了一罐罐
头。

第十四章 / 迷失

"吃完再走,不然一会儿肚子会不舒服的。"木木说。

"嗯。"吃罐头的术贰吸了吸鼻子,看着窗外回答。

他没多久就吃完了,驾驶飞船来到了一个灰蒙蒙的星球。

这里到处都是山丘,满是沙砾和杂乱的植物。一个小山村在不远处,术贰朝着那里走去。

这里的房子建得简陋,是用石块垒起来的。

村口有个生锈的大秋千,木木坐了上去,术贰帮她推了起来,木木荡了两下就学会了自己用腿荡。

应该是玩的人多了,秋千下的泥土陷下去一块儿,是脚来回蹭出来的。

他们玩了一会儿就不玩了,坐在秋千不远处的老人起身走了过来。

"谢谢啊,这个你们拿去吃吧。"老人拎着一包果干说。

术贰一脸疑惑地问:"为什么谢我们?"

"你们帮我挖地了,我要挖个坑的。"老人不紧不慢地回答。

术贰明白了老人的意思,收下果干往村子里走去。

这里的人看起来年纪都不小,都平静地干着自己的事,都慢悠悠的。

这种慢吞吞的节奏让术贰有些不舒服。

路边有两条大肉虫,术贰下意识地躲远了点,它们一边从上到下扭动自己的头,一边不断地开合嘴巴。

"它们吃气。"旁边的大妈说。

术贰看着奇怪的它们微微一笑。

天黑得并不慢。周围的色调变成了深蓝色。村子里点亮了灯,人们显得活跃了起来。

随着远处一个男人的喊叫,无数的光点升上天空。术贰和木木抬头看天,光点炸开,散出鲜艳的颜色,声音盖过周围的一切。术贰惊讶地看着天,眼睛里透着五彩的颜色。

笑容挂在了术贰的脸上,他对木木说话。木木没听见,还举着手看着天空。术贰兴奋地大喊,在无数烟花的声响下,他的声音显得十分微弱。木木拉住术贰的手,也显得很兴奋。

"这……是……是……是什么啊,贰?"木木贴着术贰的耳朵问。

"不知道。"术贰突然板住脸,把注意力放在了木木奇怪的发音上,绚丽的烟花突然没了吸引力。

术贰的心开始不平静。他深吸了一口气,拉住木木的手朝着村外幽暗的山谷跑去。

似乎跑了好远,术贰将一只手撑在膝盖上休息,周围一片漆黑。

木木打开灯光,周围都是杂乱的植物。木木没问任何问题。

术贰睁开眼睛,不知道什么时候睡着了,木木盘坐在他身边,天已经亮了。

光照在山间,山的一部分被照亮,一部分在阴影里,光和影相互交错。

在他们正前面不远的地方,杂乱的植物间立着一扇白色大门。术贰和木木走过去,还没靠近门就突然打开,吓了术贰一跳。门后面是纯黑的,周围的植物开始向门内被拉伸扭曲,随后整个山谷被拉伸扭曲。

术贰眼前变得黑暗,一道巨大的白光从黑暗中掠过,像是某种飞行物的尾迹,随后出现了干净的绿色和橙色。术贰的视野内逐渐清晰,植物变得整齐,周围的植物很高大,上面结着橙色的未知的果子。

术贰慌忙环顾四周,没有一个人。

"木木!"术贰用颤抖的嗓音大喊。

身后的门怎么踹也踹不开。术贰闭上嘴蹲在地上,眼神飘忽不定。他尽量冷静下来,往另一个方向走,有一些小生物从他身边飞过。

茂密的植物间,有踩出来的窄窄的小道,两边是山,他沿着

　褪色深空

只能通过一个人的小路走去。

飞船的定位系统出故障了。术贰走到了一个由石头堆砌成的水坝边,有生锈的铁梯子架在水坝上,水坝下的石头缝间有细小的水流,冲湿了地上的土,土变成松软的泥。

他踩着泥爬上了梯子。坝后是小小的一池不见底的死水,水边有生物的骨架。术贰顺着狭窄的小路穿过了这个池子。

前面同样是植物茂密的山谷,只不过比之前更加阴冷潮湿。术贰搓了搓胳膊,继续沿着小路走。

一个老人穿着破破烂烂的衣服从小路对面走来。他匆匆忙忙,背着手走得很快。术贰心跳加速,往边上站了站。

"怎么走出去?"术贰犹豫地问。

老人从术贰眼前快速经过,一声不吭,头也不回。

术贰回到小路上,继续走,时不时望向后面,老人已经消失在植物中了。

术贰用背包里的打火石生了一团火,这古老的能量穿透术贰的身体。

潮湿的环境使火焰很快熄灭。

术贰显得很无奈,眼神里有一丝对未知的恐惧。

前面路边停着一辆大型载具,有长方体的外壳,四个轮子轧在植物上。

术贰拉开了门,里面有一个驾驶位,后面还有好多座位。

术贰坐到驾驶位上到处摸索,没有关于这种载具的说明书和学习机。

术贰按到了一个按钮,载具开始隆隆作响。他抓住操作杆摇晃了几下,载具没有动静,他又用脚踩了一下踏板,终于摸清了大概怎么操作。

载具轧倒了前面的植物,小路一下子变宽了很多。

术贰一点一点前进,不停地调整方向,窗外的风景丝毫无法吸引术贰。他满脑子都是消失的木木。

前面的窄路消失了。

"一直往前走。"话音从术贰身后传来。

术贰瞪大眼睛把头扭过去,刚才的那个老人在后排坐着。老人把自己的脖子往上一揪,露出头套下的机械头,原来是个机器人。

"我以前心情不好的时候就找个安静的地方待着。"机器人说。

术贰凝视着他,有无数的问题,却没有开口。

机器人的金属外壳脸上印着一种橙色果实的图案,和外面高高的植物上的果实一样,和术贰印象中的胸针形状一样。

术贰慢慢把头扭回来,嘴微张着,看着前面的植物和天空下的山脊,踩下踏板继续前进。

无数的植物被轧倒,植物的茎部折断时总会发出持续的响声,似乎想引起术贰注意。术贰被一种跨越维度的能量支配着,这种能量只有自然形成的大脑意识才能感受到。

后排的机器人俯下身子,肘部支在大腿上,用手撑住脸。

术贰艰难地把正方向,加快速度,载具开始剧烈颠簸。

载具轧过一块大石头时，一下子把机器人颠得从座位上摔了下去。他爬起来猛地一跳，撞碎玻璃，跳出了载具。

载具走不动了，后部冒了烟。

术贰走了出来，揉了揉眼睛，又感觉到了那熟悉的孤独感。虽然孤独感对于他来说是老朋友了，但这次来得十分猛烈。

他爬到载具的顶上，向自己来时的路望去，那是一条曲折的路。白色的门清晰可见，它还立在那里，四周是无尽的整齐植物，黑压压的一片。

远处传来了音乐声。术贰环顾四周，似乎四周都有东西在快速靠近他。音乐声越来越近，一群机器人从植物间跳出来，和装成老人的机器人是一样的款式。

他们围住载具，随着音乐节奏猛烈敲打、破坏，只有脸上印着橙色果实的机器人站在路中间凝视着术贰。

那个机器人捡起一块石头向术贰扔过去，恰巧被术贰接住。机器人用机械的面部勉强挤出笑容。

脚下晃动着，术贰手足无措，远处白色的门突然打开，周围的植物再次向门的方向扭曲。

术贰长舒一口气，闭上了眼睛。

他感觉自己睡了很久，趴在门前，手里握着石头，看见木木躺在远处。

他惊慌地爬起来，心里默念着："不，不，我就知道。"

他用全力跑过去。风吹起术贰的黑色长发，他的眼泪在光下晶莹剔透。

术贰眼圈泛红,跑到了木木身边,木木的眼睁着,却丝毫不动。

术贰把木木翻过身,打开了后背上的金属壳,意识储存器闪着红色的灯。

第十五章 / **孤独**

术贰变得语无伦次,摸着那没有反应的金属躯体。

"别……"术贰泪如泉涌,嘴唇在颤抖,一阵酸楚涌上心头。

眼泪滴在金属表面上,泛着的光有些刺眼。金属壳十分干净,是刚擦过没多久的。这干净又毫无意义,相比其他垃圾,只是干净一点罢了。

远处的村庄里有新生儿的哭闹声。术贰只是蜷缩在金属旁边,默不作声,却在不停地抽动。

木木凭空消失了。

过了好久,恒星的光被山脉遮住了一半。术贰从地上爬起来,眼睛全红了,面部有些浮肿,全身颤抖着,笨拙地扛起了那个金属躯体。

他抹了抹眼睛,看了看飞船定位,朝来的方向走去。光线照着他的后背,金属的红色涂漆显得十分刺眼。

术贰把金属躯体安置在了驾驶舱后墙的生物标本展示柜里。

他的眼睛还是湿润的,他看着飞船的摄像头,好像在期盼什么,但没有结果。他的脑海里翻涌着很多画面。

启动飞船后,他感觉十分迷茫。飞船在半空中悬着,里面和外面都安静得使人产生莫名的焦虑。

术贰把飞船升到了太空中,洗了把脸,水流比以往小了很多。造水系统的表针指着黄色的表示压力不正常的区域。他打开了自动调整,扭头回了驾驶舱。

在一个未知星球的长满植物的山谷里,有个破碎的大型载具,旁边躺了一堆没有生命的机械躯体。其中有一个脸上印着奇怪的果子图案的躯体,趴在那个载具里面的意识传送器上。

"肉体是无比精密的机器,人造机器远远无法超越。"术贰脑中回忆着老董说的这句话,望着窗外的黑暗发呆,手按下了空间跳跃的执行键。

飞船的播音系统根据术贰的心跳和身体状态播放了一首情绪昂扬的音乐,术贰按下了关闭键,也许安静是现在最合适的音乐,安静的忧伤,入骨的阵痛。

他望着白色的天花板一动不动,一滴泪挂在嘴边。

纵横千万光年,除了这艘飞船,没有一处是他熟悉的。千万光年之内,好像只有他,身处黑暗宇宙中的白色小匣子里。

飞船停了,停在一架没有生机的旧飞船边。

他穿上太空服出了舱,没有直接去旧飞船上。太空中的一切都显得很安宁。术贰飘浮在太空中,全身放松着,是一种原始的放松感。他耷拉着眼皮,均匀地呼吸,飘浮在两艘飞船之间。

恒星离得很远,光线暗淡。

他打开了旧飞船的灯,里面干净整洁,冷冻舱里有三个人,看样子已经去世了。

术贰用应急激光切割器打开了飞船的仓库,取出了库存的食物和其他物资,运回了自己的飞船。

旧飞船的广播器时不时胡乱作响,像乱序的人类语言。里面的求救系统被砸碎了,但是有用过的痕迹。一个文本数据芯片飘在空中,术贰用自己的机器读取了内容。

这是2702年的飞船,是为了执行探测任务而发出的。

他的头盔贴到冷冻舱的玻璃上,注视着几百年前的探索者。探索者闭着眼,微低着头,很安详。

术贰对人类的亲切感强烈,现实的他和对方却隔着冰冷的一道墙。他明白眼前只是一副躯体,失去了灵魂。

光线越来越暗,还有些闪烁。术贰打开了照明灯,疑惑地趴到窗口。

那个不知道叫什么的星球,在一点一点地遮住恒星。恒星的黄色光线慢慢变成蓝色,成为明亮的蓝色光圈。

属于术贰的光圈是巨大的、橙色的,而蓝色的光圈很沉默和陌生。术贰一下子回忆了好多东西,眼底映出蓝色的光圈,太空服的金属外壳被蓝色浸染。

不久后,一切都变回了正常的颜色。而术贰还在望着恒星发呆,等回过神来,视觉残像的光晕还留在术贰的眼里。

他揉了揉眼,带着收获回到了自己的飞船上。

术贰在飞船里休息了好久。

"还有多远啊?"术贰从床上坐起来自言自语道。

术贰来到驾驶舱,再次启动空间跳跃。他瞟了一眼显示屏上的飞船状况,无意中发现另一侧船舱的警示灯亮了,他穿过两个船舱,来到了很少来的舱内。

他认为这个舱什么也没有。墙上有个小门,里面是各种电路仪器,气压表显示内部气压有点超标。

术贰调整了供氧系统,然后回到了驾驶舱。

飞船外,有一个巨大的立方体。术贰出了飞船,靠近这个大盒子。盒子表面有些粗糙,他用拳头捶了一下,这外壁似乎很薄,随后术贰用安全刀划开了一个口,里面比外面亮。术贰的头盔里回荡着均匀平缓的噪声,他扯开刀口,这个大立方体的外壁差不多和小拇指一样厚,是由碳、氢、氧、钠、硫等元素组成的。

飞船里面是偏暖色的白色空间,一侧壁上整齐地站着一个方阵的人,他们都是圆寸的发型,赤裸着身子,背对着术贰,站得笔直。

术贰脑子里一阵轰鸣,心跳变得剧烈。

他把住飞船外壁的边缘,一动不动盯着这些人的后脑勺,可眨眼之间,只有左上角还有一个人站着,其他人都消失了。

头盔里的声音变得更大了,术贰摸了摸背后的扳手,深吸一

褪色深空

口气,慢慢向站着的人飞过去。

术贰绕到站着的人侧边,发现他正以放松的表情看着他。

"这是哪儿啊?"术贰问。

他不说话,只是看着术贰,又慢慢闭上了眼睛。

术贰感到眼睛干涩,他刚闭上眼,脑子里就呈现出那个头上长着四只发光小圆盘的奇怪生物的形象,侧着身子站在他面前。

术贰赶紧睁开眼,站着的那个人不见了。

巨大的空白正方体中,只有他一个人,穿着上面有些灰尘的太空服。

那些噪声变得温和,术贰的胸腔里一阵刺痛,他龇了一下牙,朝着来的方向往回飞。术贰感觉脑袋涨涨的,这个巨大立方体像个灯笼一样,非常明亮。

外面是他的飞船,背景是无尽的黑暗。

术贰用手划过墙壁,有蓝色静电闪过。他一低头,看见一个箭头,像是手绘的,线条很细,歪歪扭扭,指向没有依据的方向。术贰没有疑惑,就是感觉这个方向是正确的,出于一种莫名其妙的直觉。

他从刀口中钻了出来,又顺着刀口往里瞟了一眼,感觉里面的光线很刺眼。他难以抑制地泛上恐惧感,在这附近,感受不到一丝安全感。

他回到飞船上,摘下头盔,已经出汗了。

术贰看向窗外,感觉有点不对劲,飞船好像离大立方体近了很多。

他来到驾驶舱，离开了这个坐标。

空间跳跃开始了，术贰起身准备去休息一会儿，他一打开卧室的门，又吓得一哆嗦。

一个脑部器官在地上放着。术贰蹲下来观察了一会儿，确定了是人类的大脑，就戴上了手套和口罩，把它放到了实验台上。

这个大脑结构完整，细胞还是活动的。术贰把它装进了培养舱里，用线路连接了它的语言神经。

广播器里传出混乱的声音。术贰向大脑输送了学习机里的基本知识。

大脑的电波突然变得平稳，大脑似乎休眠了。

空间跳跃完成了，飞船停在了一颗形状普通的小星球边。

显示器上的脑电波开始变得活跃，广播器中也开始发出有规律的声音，令术贰的心里十分不安。

"我不知道。"广播器里传出一句。

"你怎么会在我飞船上？"术贰问。

"我，嗯？"广播器的声音渐渐微弱。

好久没再出声。

第十六章 / **气球和橙色小屋**

　　术贰用机械手臂连接了大脑的运动神经,手臂的一个指头来回颤动,整个机械臂也不时晃动一下。

　　突然机械臂开始扭动,猛烈敲打大脑的培养舱。培养舱裂开,里面的液体渗出,流过机械臂,爆出火花。随后机械臂垂了下来。

　　大脑在颤抖,落到培养舱底部。

　　术贰看得手足无措,切断了电源。显示屏上显示的脑电波越来越微弱。

　　"我……不是……我……嗯……"

　　脑电波变成了一条直线。术贰一皱眉头,打开了培养舱,捧起了大脑,灰黄色的大脑在术贰手里很安静。

　　液体沾湿了术贰的白色衣袖,他把大脑浸在福尔马林里,放到了旁边的柜子里。然后术贰擦干净了地面和桌子。他望向了窗外的小星球,驾驶飞船朝它驶去。

这里有浅蓝色的土壤,很松软。远处有橙色的小房子,房子边有几只气球,不知道是用什么气体充的,它们在房子边摇摇晃晃。

"你见过柿树吗?"术贰对着气球问道。

气球静止不动了,又缓慢地摇了摇。

术贰的目光不在气球上,他从气球边走过,来到橙色房子的门口。气流带动了气球,气球快速转了一圈,缓缓落在了地上。房门上有很多划痕。不难发现还刻着两个字——籁岌。

"刚才你的大脑载体坏了,我把它放在了福尔马林里。"术贰好像在自言自语。

他打开门,一阵风掠过。屋里掀起尘土,气球被吹得乱撞。

术贰眯着眼,用手扇了扇鼻前。甲醛的浓度很高,他咳了咳。屋里都是黑的,术贰摸索着侧边的墙,打开了灯。

灯光是暖色的。"好奇怪的颜色。"术贰说。

他在屋里转了一圈,这里摆满了瓶瓶罐罐。说不清瓶瓶罐罐里面是什么生物的标本,术贰不认识。

桌子边坐着一个女孩儿,棕色的卷发披在肩上。

术贰没仔细看她,转身看另一边的展柜。罐子上都贴着标签,上面写的文字,有的术贰认识,有的不认识。

刚要出屋,那个女孩儿站在门口看着他,她摘下过滤面罩,鼻头红红的,抿着嘴,握着解剖刀。术贰心头一颤。

"我把所有见到的生物都做成了标本,可是我不知道为什么……"女孩儿说。她有麦芽色的皮肤,很干净。拿着解剖刀的手很纤细,在微微颤抖。

"为了把它们留下来?"术贰又看了看身边的罐子问。

女孩儿把解剖刀扔到了桌子上,金属砸在桌板上发出刺耳的响声。

"嗯,你从哪儿来的?"

"不知道,很远。"术贰回答。

他们走到门外,外面的光线充足,空旷的浅蓝色土地延伸到远方。

女孩儿穿着黑色长袍,慢慢向远处走。术贰站在房子边,女孩儿站在远处的平地上,术贰眯着眼望着她,她从口袋里掏出了一个粉色的气球。

气球吹得小小的,总觉得还缺一点气,她就把口封住了。

她看了看术贰的白色飞船,拿着气球向术贰招了招手。

术贰从屋里拿出了解剖刀,割断系在房子边的一个气球的线,划破了手指,在气球上画了一个方块。

女孩儿在远处皱着眉头笑了,随后捂住了嘴,眼睛有点湿润。

术贰咧着嘴,把气球扔到了一边,放回了解剖刀,向飞船走去。

"拜拜!"女孩儿喊道。

这里的气压使人难受,术贰深吸一口气,望了一眼女孩儿,回到了飞船上。

气球在房子旁边的地上,随着风朝着另一个方向飘去,女孩儿跑去追它。

术贰启动了飞船,悬浮在半空中。

他打开飞船外的扬声器说:"我要去找一些东西,不能当标本。"

女孩儿抱住气球,仰起头看着空中的飞船,笑着点了点头。

"是什么在阻拦我啊?"女孩儿自言自语地问道,疑惑,却开心。

这次降落一无所获。飞船升入太空,再次进行空间跳跃,术贰上过厕所后去睡觉了。

涂上创伤胶水的手指还在隐隐作痛。

第十七章 / 收藏

术贰醒来后,发现飞船外的黑暗中有个比他的飞船大一些的陨石,上面有难以发现的对接口和窗口。旁边都是陨石堆。术贰有点蒙,他走到窗前看了看四周,没有发现其他星球。

另一侧的警示灯闪了闪,术贰赶紧跑到驾驶舱,发现飞船并没有偏离航线。

"我帮你航行了。"广播突然传出粗糙的电子混合音。

术贰一哆嗦,望向天花板,僵了许久没有说话。满脑子都是展柜里木木的躯体。

广播器再次发出声音:"我是那个大脑,你飞船上的意识储存器没关,我才幸免于难。"

术贰打消了期盼说:"你从哪儿来的,不是去刚才那颗星球上了吗?"

"可能……一小部分吧。我是 218 实验体,他们扭曲空间时撞上黑洞了,我的大脑载体映射到了你的飞船上。"他的声音越来越扭曲和微弱。

"你原本可以是个人类。"术贰垂下眼皮轻轻地说。

"那有什么不同,不一样的载体罢了。"广播的声音几乎难以听清。

术贰轻叹说:"不一样。"

他好像没听见,显示屏的意识储存器部分显示的泄露等级为八。

广播器再也没出声,术贰满脑子都是木木当时泄露的回忆。他没有提醒这个大脑,他飞船上的意识储存器早就坏了,因为他不允许再有其他的意识侵入那展示柜里完美的冰冷的红色躯壳。

他来到机房,把那没用的意识储存器拆掉了。

外面的那颗大陨石打开了射灯,光照着术贰的飞船,术贰申请了对接。

这个陨石飞船里很壮观,舱门边有不知道什么材质做的牌子,上面刻着"籁彡的收藏"。

术贰思考了片刻,开始在陨石飞船里闲逛。飞船里到处都是奇怪的装着各种物质的试管,还有一些活着的小生物。

但这里没有异味,暗淡的暖光,让人的警戒心减轻了。一个看起来和术贰差不多大的男孩儿慵懒地坐在旁边的驾驶座上看着术贰。男孩儿穿着黑色的长袍,上面有细细的发黄光的线条,因为长时间不受紫外线照射,他皮肤粉白,没有头发。

"你收藏了这么多生物,是你和籁彡一起做的吗?"术贰感叹地问。

"我就是籁彡。"男孩儿带着微笑说,"不管你是谁,我看你的飞船没有装载武器,就让你来了。"

"啊?那个女孩儿不是籁彡吗?"

"不是,她喜欢我的收藏,所以她也在做收藏。"

术贰还在欣赏周围的收藏品,突然转头问:"啊,对了!你知道柿树吗?"

"是植物吗?"

"对,就是很高,有很多大叶子,有奇怪颜色的果实。"术贰一边描述,一边凭想象比画。

籁彡撑着座椅扶手站起来,伸了个懒腰说:"过来。"

术贰手脚冰凉,跟着籁彡走到了飞船的另一侧,他心里空落落的,感到了熟悉的迷茫。

"你看看这边有吗?"籁彡用手指圈了一下放着各种植物标本的墙。

术贰一愣,看了眼籁彡,说:"我也不知道柿树长什么样啊。"他从上到下浏览了一遍墙上千奇百怪的植物标本。

"你也不知道,那我帮不了你,我这里好多生物我也不知道叫什么。"籁彡无奈地笑着说。

术贰心里莫名其妙地感到舒畅了很多。"好吧,那你觉得地球存在吗?"

"嗯,地球……我也想找找,如果真的有,那里肯定有很多无价的宝贝。"籁彡看起来懒懒散散的,但眼神总是充满了力量。

　　籁彡又问:"你有电池吗? 我能用这罐磁场液换吗?"

　　"好大一罐,它有什么用吗?"

　　"它有电磁场,可以作为意识的介质。"

　　术贰还有多余的电池,就用一节交换了。

　　他抱着这罐磁场液回到了飞船上,看着这一罐黏稠的液体,思考它的用途。

　　　　褪色深空

第十八章 / **噩梦**

　　他和籁迟告别了，飞船屏幕上另一侧的警示灯又亮了，术贰打开了飞船的自动修复和优化系统。

　　他去了趟厕所，回来启动了空间跳跃，又去床上躺着了，用游戏《虚拟世界》消磨时间。

　　不知道过了多久，他又睡着了。

　　在之前那个有蓝色土壤的星球上，橙色的小房子边蹲着那个黑衣服女孩儿。她在玩弄地上的小虫子。一个画着正方形的气球，顶着一个大脑飘到术贰的面前说："你的飞船意识储存器的电磁场有漏洞。"

　　术贰感到有点开心，牵起气球的绳子笑着说："嗯，我已经拆掉它了。"

　　他牵着气球走到了女孩儿身边，女孩儿抬起头看着术贰，说:"啊,你来了,把它给我吧,不然你就留下来。"她带着开玩笑的语气。

术贰呵呵一乐,绕过女孩儿推开了橙色小屋的门。

"你该走了。"大脑说。女孩儿牵着气球指着术贰的飞船。

术贰握着门把手,看向自己的飞船,飞船离自己很远,远到只能看见模糊的影子。飞船上面长着一棵高大的植物,是和木木离开前他去的那片森林里一样的植物。

术贰转过头看向屋里,屋里也有个"术贰","术贰"侧着身子站在那儿,直勾勾地看着他,不过屋里的"术贰"看起来是残缺的,但说不出来是缺哪一部分。屋里的"术贰"的头和心脏上延展出巨大的光晕,穿透房子,环绕在气球束的周围,伸向宇宙。这是他从没见过的东西。

"哐当"一声,屋里的"术贰"像木偶一样倒在地上。光晕从"术贰"的大脑和心脏上断开,向四周扩散。挣扎的"术贰"出现在术贰眼前。

术贰一下子被吓醒了。"这是你的量子意识系统。"广播器突然出声。

他一把抓下《虚拟世界》的眼镜,瞪着大眼坐在床上,又猛然看向广播器。

术贰思考了好久,调整着呼吸。他走到飞船另一侧的机房,看着一闪一闪的警示灯,发现还有一个意识储存器没拆掉。

拆的时候,术贰无意中发现了旁边的墙上写着一行字:"飞船是用高电阻的材料做的。"

他想起了老董讲的故事:"我有一次因为磁场混乱差点没命了,丢了好多记忆,然后我就在飞船上写了提示。"

术贰把剩余的意识储存器拆了下来,丢到太空。

他走进了驾驶舱,心里无法平静。于是他戴上了学习机,打开了输出模式。

屏幕上缓缓加载着一个视频。加载结束后,视频开始播放,这是他刚才做的梦。但是无论他如何修复这个视频,显示器都无法显示梦中那奇异的光线。

"那是我的整个意识,从其他维度泄露了,三维电子显示器和生物视觉系统都无法显示意识。只有在梦里,可以通过大脑显示意识。"术贰在电脑里记录下了这一段话。

他看向角落里的那罐磁场液,长舒了一口气。随后他开启了飞船的自动修复功能,他感到了凉意,头轻微有些涨痛。

床头显示的体温值超标了,钻回被窝的他不出所料地发烧了。发热对他特殊的体质而言并不常见,在这荒芜得只能支持复杂生命体的空间里,不会是由病毒感染引起的。

是大脑过载,显示器上的脑电波有大幅度波动的痕迹。

他仿佛看到了木木站在门口,又好像是老董。他打开床边的柜子,手微微发抖,拿出了退烧药和大脑调理剂喷进了鼻子里。术贰的思考能力下降,只能迷迷糊糊地躺在被窝里。他面颊红红的,眼神迷离,只有把手枕在头下才舒服。

浑身酸软的术贰打了一会儿盹,虽仍在发烧,但体温降了一点儿。他去了好几次厕所。术贰看了看窗外陌生的星球,每次从床上坐起来,床都会发出警报:"发热时禁止启动空间跳跃!"

　　术贰关闭了提示音,老老实实地钻回了被窝。他回忆着在那个灰绿色小星球的生活,还有曾经陪伴他的人。

第十九章 / **陌生人**

术贰的身体很快恢复了正常。出汗弄湿了被子,他索性把衣服和床都清理了一遍。

飞船有温度调节功能,被子的意义只是为了满足安全感。

在一次空间跳跃以后,他到了一个荒芜的星球边。

术贰望着外面什么都没有的蓝色星球,疲倦得不想着陆,于是坐回驾驶座发呆。

突然,显示屏提示有其他飞船申请对接。术贰在显示屏上打开了外置摄像,是一个看起来很旧的飞船。

术贰看着那艘飞船上奇怪的武器,看上去是粗略改装上去的,心里有些担心。他打开了射线成像,那艘飞船的后半截船舱排列着很多机器躯壳。其中一个是开着的,似乎正在调试。

飞船里有两个人,术贰允许了对接。随着一次颤动,对接舱门外隐隐约约传来交谈的声音。

两个人都来到了客舱。一个穿着整整齐齐,戴着视觉辅助器;另一个光着上身,面无表情。

穿着整齐的人看见术贰来了,先开口问候:"你好,我叫克,他是欧尔,他不爱和别人说话。我们很久没见过其他人了,所以想来看看。"

"哦,你好,我是术贰,这里就我一个人。来逛逛吧。"

"太好了,谢谢!"克说。欧尔还是像什么也没发生一样,站在旁边左顾右盼。

他们来到了驾驶舱,克看见了桌子上的大脑调节药物问:"你那么年轻,用这些药?"

"我思考得太多了,做了严重的噩梦。"术贰回答。

"什么梦?看看我能不能帮到你。"克说。

"我梦见我看到了自己高维方向的意识。"

"我以前也认为意识在其他空间里存在。后来我觉得意识只是驱动思考系统的粒子能源,以引力和电磁力储存在大脑里。有关时间的方向只是思考系统捏造的罢了,所以意识也不是高维的,它在时间方向上没有多余的内容。"克的解释让术贰改变了思维方向。

术贰望着地面思考,克又问:"这是谁啊?好华丽啊。"他指着那个展柜里红色的机器躯体。

术贰犹豫了一下回答:"她是陪伴了我很久的人的身体,她消失了。"

"哦,懂了,不好意思。"克看上去很善解人意。欧尔看了一眼木木的躯体,又开始东张西望,捏了捏鼻子,好像并不感兴趣。

"她是很久以前一个老人造的意识储存器采集的意识。老人让她陪着我。"术贰耷拉着眼皮,耸了耸鼻子说。

"嗯,我从小就跟他在一块儿,所以他只跟我说话。"克忍着笑说。

欧尔皱着眉头看了一眼克。

"我们就是流浪汉,到处捡东西。"克说。

"我也是。"术贰说。

"你这儿好干净,飞船也好整齐。"克的视觉辅助器跟着脑袋晃来晃去。

"你为什么戴着这个摄像头一样的东西?"术贰问。

"我的眼睛天生高度近视,支付不起手术费。这个挺好使的。"

"那他为什么光着膀子?"术贰又问。

"嘿嘿,他的衣服刚才被剐破了一个大洞,放在飞船里了。"

他们去了克的飞船上,他的飞船里有些地方比较整齐,有的地方堆得乱七八糟。

在克关闭电子显示屏前的一瞬间,术贰好像看到显示屏里自己飞船的结构图,还有被标识出来的木木的躯体。他还没看清楚,屏幕就关闭了。

术贰感到有些不适,他沉默了很久,克介绍的好多东西他都没听进去,只是感觉克的平易近人越来越不对劲。

他有些不安了，对那黑屏的显示器不安，对克越看越诡异的微笑感到不安。欧尔无时无刻不在走神。他看不透这两个陌生人，一切都变得令人不安。

术贰打断了唠叨的克，草率地告别了他和欧尔，背对着他越发诡异的笑容，关闭了对接舱门。

他看着舱门深吸一口气，回到驾驶舱断开了连接，手动驾驶飞船，绕到荒芜的蓝色星球的另一面。

术贰开启了磁场屏蔽系统，飞船进入隐形模式。

褪色深空

第二十章 / **绝对黑暗**

"在绝对的黑暗之中,是无法产生美感的。那里只有恐惧。"术贰脑海里反复回响着老董说的这句话。

自从做了噩梦之后,他总有不好的预感,幸好,没有出现异常。

他启动空间跳跃,逃离这种奇怪的陌生感,但他又开始头痛了。

这次来到的是个灰白色的行星,它距离所在星系的恒星比较远,是个寒冷的世界。

他有一段时间没见到城市了。这个星球上有一些小镇,周边是深色的耐寒植物。镇子里的房子都不高,虽然结构简单,但看起来很坚固。

路上的行人用好奇的眼光看着穿太空服的术贰,他没有御寒服,只能用太空服的恒温系统来保证温度。

整个镇子是蓝色调的,这种冰冷的气氛能让人保持清醒。路人的眼神使术贰感到拘谨,但又感到一丝亲切。

空气潮湿,他再次见到了冰雪,这次他感觉不到冰雪的温度。术贰闲逛了一圈,回到了飞船旁边。他打开了水资源采集系统。这比合成水的效率高很多,没多久飞船的水箱就满了。

这里整个地方都是暗淡的,即使在恒星正当空中的时间。

他随便走进了一个小店。看样子是一家食品店,桌子边放着几个大桶,一个脸颊红红的大胡子老头儿坐在旁边擦着杯子。

术贰站到桌子边看着大胡子,大胡子抬头看了他几眼,说了一句术贰只能听懂一点的话。

可以推断这家店主要是卖酒精饮料的。术贰看了看大胡子背后老旧的全是水垢的蒸馏器,灵机一动,从背包里拿出了五瓶加热过的纯净水放在了桌子上,又指了指柜台里的罐头,用手势示意大胡子他想以此交换三罐罐头。

大胡子抬着眼皮看着术贰,迟疑了一会儿,拿起桌子上的一瓶纯净水,取了一滴放在了玻璃片上,用显微镜观察了半天,抬起头赶紧盖上了水瓶的盖子,一脸震惊地看着术贰。

然后他摆出了一个奇怪的手势,转头从柜台里捧出了五罐罐头推给了术贰,兴奋地提着纯净水进了屋子。

术贰心里一暖,笑着把罐头装进了背包里。

一切都很平常。他回到飞船上,休息了一会儿,离开了地面,进入太空,一切都和最开始时一样。

褪色深空

飞船后面的空间扭曲,空间跳跃开始。

突然屏幕上的警示灯又亮了,这次不是闪烁,而是持续的红灯。术贰心头一颤,看到窗外有一道光线跟着他,随着一声巨响,空间跳跃结束。

术贰看向显示器,周围的引力数值以不正常的速度下降,但飞船的离心力系统还在正常运作。他看到克的飞船出现在窗外。

他脑子一热,想到了老董讲过的宇宙海盗的致命武器,他们制造短暂的维度漏洞来输送空间,使空间膨胀从而割断引力,粒子的相互作用力变小,最后导致意识流失。

离心力系统还在工作。术贰慌张地东张西望,大脑飞速思考。很快,他将眼睛锁定在了那罐磁场液上,又瞟了一眼窗外克的飞船。

他恍恍惚惚地跑向那个罐子,思维开始变得迟钝。

他抱住磁场液后,艰难地来到了舱门口,扯下了太空服的导航器,果断打开了舱门,吐出了肺里所有的气,用力把自己推向了克的飞船。

他脆弱的身体暴露在太空里,在黑暗中移动着。术贰能听到的,只有自己越来越缓慢的心跳声。术贰眼前只能看见自己的飞船反射着暗淡的白光,离自己越来越远。

术贰一手抱着导航器,一手把磁场液的罐子按在头上,眼神迷离。在最后一刻,他关闭了导航器。惯性使他还在向克的飞船移动,白色的衣服褶皱纹丝不动。他像一个雕塑,飘浮在太空里。

术贰的躯体以很快的速度撞在了克的飞船上,又弹回一段距离。磁场液的罐子撞碎了,液体在克的飞船边飘着。

克跟欧尔说:"差不多了,关闭漏洞吧。"

"他的舱门怎么是开着的?"欧尔问克。

克皱着眉头,没有回答。他们靠近了术贰的飞船。

"穿上太空服吧。"克说。他和欧尔来到舱门口,非法运输的机器躯体仓库传来了隐约的金属碰撞声。他们没在意那动静,满脑子都是术贰的飞船。

他们来到了术贰的飞船里,找了一圈也没找到术贰。

"啥情况? 飞船在运行着,人呢?"克满脸疑惑。

克的飞船的机器躯体仓库里的动静越来越大,穿着太空服的他们还在术贰的飞船里翻来翻去。

两个人打包了很多资源,然后来到术贰飞船的驾驶舱,面对展柜里的红色躯体。这么长时间了,这副躯体还是原来的样子,精致的结构设计,几乎完美的曲线。

克和欧尔正在计算着物品的价值,从他们身后传来了有规律的金属碰撞声,越来越近。克和欧尔疑惑地看了看对方,扭着身子看着驾驶舱门口。

"咱们的机器人的意识储存器是不是开着的?"克盯着门口缓慢地问。

那声音离驾驶舱门口越来越近,直到一个黑色涂漆、橙色眼睛、满是尘土的机器人从门外走进来,猛地向他们冲了过来,第一步蹬地的爆发力刮花了地板。

克吓得坐在地上，手忙脚乱地摸索着武器，欧尔连忙后退，他们根本想不到这个机器人是如何活过来的。他们以为这儿没有其他人了，没带武器，只能以肉体承受机械带来的重创。

眨眼工夫，克流着鼻血躺在了地上，视觉辅助器碎得到处都是。成为机器人的术贰抓住欧尔，即使欧尔不停地挣扎，也无法挣脱。

术贰抓着克和欧尔来到了备用的气闸舱，用气闸舱里的安全扣扣住了自己，然后打开了舱门，把他们俩抛向了无尽的黑暗。

术贰启动了身上自带的导航系统，入侵了飞船的导航系统，移动到黑暗中的白色衣服的身体旁，抓着它回到了飞船里。

术贰把这副身体浸泡在了充满培养液的医用试管里，以减缓细胞的死亡。幸好他选择了跳进太空，虽然缺氧造成了大部分细胞死亡，但身体还是原样。

他坐在了旁边的椅子上，一声不吭也一动不动，像是在思考，思考了很久。

外面一片安宁，地上还有碎片、划痕和一点血迹。术贰起身清理了血迹和碎片，又看了一眼之前的身体。

术贰走进了克的飞船，回到了非法运输机器人的仓库，其他的躯体都是关闭的，他用这里丰富的改装仪器把自己身上的尘土清洗干净，喷上了白色涂漆。这样他就不再像是非法制造的战斗机器人。

术贰还在适应自己的新身体,但他还是想修好自己的血肉之躯。按老董曾经跟他讲过的,用精密的医学手术是可以把自己的意识从储存器移植到肉体里的,但他没有这么先进的技术。

他花了好长时间把克的飞船上所有的机器躯体和其他的精密仪器,包括一些生存资源通通搬运到了自己的飞船上。

术贰取走了克的飞船上的所有能源,使其变成了一个大空壳。中途他反复思考,这是他第一次做这种事,这样做算不算是太空海盗。

"我只是个生命罢了,我要尽可能地存在。"术贰自言自语道。

他解除了对接,收拾好了所有的东西。看着自己之前的身体,他又启动了空间跳跃,拉开了很远的距离,但他还有焦虑的情绪,没想到这种机器躯体也有简单的情绪系统。

虽然没有了心跳加速、脸部发热的躯体反应,但他还是会感到思绪混乱。这也许就是当初木木的感受。

术贰回忆着噩梦中自己飞船上长出的那个高大的植物,想到了一个原始的问题:它和我一样也是生命,为什么我们的形式不一样?

变成机器人后,他开始不停怀疑自己是不是生命。他要去找柿树,就好像它能告诉他什么是生命一样。

第二十一章 / **生命**

食物用不到了,或许还可以找人换些电池供自己使用。术贰感觉头脑比以前更灵活了。

他的计算能力提升了,就像木木曾经帮自己计算一样快速,身边的温度、空气的元素含量……一切都很清晰。

"我终于能理解你了。"术贰看着木木的躯体说。

突然他回忆起让木木失踪的那扇白色大门,在脑中列出当时传送所用的时间,用当地的坐标计算出了空间通道的终点,也就是那个布满奇怪植物的地方。

他看着木木的躯体飞快地思考,最终得出结论,木木的意识是在引力作用下,顺着那个通道被带走的。只要用湮灭释放的能量加速到一定速度,在通道中途拦下她的意识,就有可能让她回来。

于是他列出了拦截木木的意识的路径方向。

没有她,术贰没法继续去找柿树。现在,他就是想知道什么是生命。只有木木和柿树能回答他。

术贰暂停了去地球的行程,把空间跳跃设置成了一次性执行六十次。这是很危险的尝试,但是要在木木的意识被送出空间通道之前拦截下的话,就必须达到这个速度。

这一定会付出代价。

术贰启动了飞船,他的思维又变得迟钝了,直到飞船停止后才慢慢恢复。他躺到了床上,又突然想起自己不需要睡觉,但还是躺了一会儿。

他感觉自己的脑袋在不停地大幅度运转,这使他很不适应。

他瞟了一眼窗外,被外面的景象惊到了:在一颗蓝色恒星的衬托下,一个巨大的黑色长方体飞船在慢慢移动,旁边有之前见到的那个神秘的白色立方体。

相比术贰自己的飞船,那个黑色飞船简直是庞然大物,让术贰感到有压迫感。这是他出行以来见过的最大的飞船。

术贰鼓起勇气发起了对接申请,过了一段时间,黑色飞船没有反应。他低头操作飞船的工夫,再一抬头,自己的整个飞船竟然已经在巨大的飞船里面了。

这里的运行十分复杂,学习了这么多有关飞船与太空知识的术贰,也感到难以理解。

"你破坏并闯进过我们的生命计算器。"术贰的脑子里突然冒出这句话,他双手抱住头,从驾驶座上站起来。

褪色深空

"这只是借口，我们一直在观察你，因为我们有共同点。"他的脑子无法控制地跟自己说话。

术贰向旁边一看，吓得向后退步，一个修长的紫色人形生物站在他的飞船里，头上有四个发光的圆盘。

紫色生物的嘴部是封住的，也许它就长这样。它站在那儿，面对术贰，嘴部开始震动，发出隆隆的响声，那种声响很瘆人，让术贰产生一种对未知的恐惧。

"我们的语言你无法理解，所以我们只能这样和你交流。"

"你们到底是什么？你们在跟踪我吗？"术贰问。

"思想不要这么狭隘，我们存在于所有的智慧旁边。而你在跟踪现实，渴望求得一个答案。生命和现实是在计算之外的，我们一样都在寻找答案，它是你永远不能及的。"

"别说得这么复杂，我不求什么现实，我只想找到我爱的东西，你们应该离开我简单的生活。"术贰思考了很久后，冲那诡异的生物说。

"这不就是现实吗？你竟然还有感性思维。"紫色生物缓缓地在术贰的飞船里平移。

"我们的白色立方体就是计算生命的计算机。你以为里面的人是幻象，其实那都是现实的符号。"

术贰第一次感到思维到了智力边缘，最后术贰得出了结论，顺应规律执行现实——他出拳击中紫色生物的腹部。

紫色生物一下被击飞，撞到墙上，它躺在地上，头上的圆盘慢慢熄灭。

术贰认为它死了。"你的计算结果是正确的,但是答案是解不出来的。"它又在术贰的脑子里说。

而后那具尸体在做了轻微的平行移动后突然消失了。

第二十二章 / **违背科学计算的思想**

术贰看了一眼窗外,自己的飞船已经处在浩瀚的宇宙中了。白色立方体还留在那儿,它在慢慢膨胀,渐渐变成了球体。

他回忆起古老的空间站,突然想起了从那里拿的那个星球模型。

他翻来翻去,从堆满东西的仓库里找到了另一个背包,拿出了那个奇怪的蓝绿相间的星球模型转了好几圈,也没发现什么新奇之处,只是觉得挺好看的。

飞船检测到外面那个球体的引力值在上升,经历了不止一次引力和磁场突变的术贰变得警惕和敏感。

术贰马上离开了那个白色球体,对引力保持敬畏。

飞船停止前进后,术贰又用了很长时间恢复思维的敏捷性。

术贰思念着木木:"如果我像他们一样掌握这种传送能力,

就可以把你找回来了。"

他来到了一个熟悉的星球,蓝色和绿色相间,蓝色的是海洋,绿色和黄色的是陆地。奇怪生物的巨大飞船也在这颗星球的周围。

术贰觉得非常眼熟,他又看了看从古老的空间站里拿到的星球模型,相似,但不完全一样。他觉得这只是巧合。

他驾驶飞船着陆在一片水域边,这里的含氧量比较高,但对于拥有新身体的术贰来说,氧气已经不重要了。这是他又一次见到如此多的水,但已经没有了兴奋感。

他出了舱。这里人迹罕至,他看见一个小的白色立方体立在沙滩上。术贰望了一会儿无际的海洋,走了过去,把监听器贴在了上面。

"你们的生态很奇怪,难以形成社会和群体,于是我们使雌性的染色体变异,就像让你少一条肋骨。雄性出现后,才形成了新的生物圈。"这段话从术贰的脑袋里传出。术贰由此推测,里面肯定是一个当地人正在向紫色生物讨教。

"为了考验这种生物群发展到现在的结果,我们会观察发生洪水等灾难时你们做出的反应。等这种模式稳定后,染色体还会恢复原样。"

术贰听着这些已经了解过的信息感到很无聊,心想:"还要好久呢。"

天空是鲜艳而纯粹的蓝色,和海的颜色有细微的差别,而沙滩上不纯粹是细沙,有满地的岩石。一串脚印延续到白色立方

　　　　　褪色深空

体。

比起对立方体里是谁的好奇,更吸引术贰的是这里前所未见的风景。对风景的审美能力,是他离开那灰绿色星球后才形成的。

他漫无目的地站在海滩上,这绝妙的景色着实打动了他,可他站在海滩上一动不动的身姿却显得异常平静。

立方体里的人出来了,他穿着白色的袍子,留着大胡子和长卷发,一边走,一边低声念叨着什么。他没有注意到术贰,越走越远。

术贰不紧不慢地向飞船走去,这一趟是漫无目的的。他瞟了一眼立方体里面,和紫色生物对视了一下。

回到自己的飞船上,他想着木木,又想起柿树,回归原始的人性思考,这两个哪个对他更重要?

他自言自语着启动飞船,继续前进,去拦截木木。

自己很清楚,这本来就是一件事,哪有重要不重要之分。可是心里却总有偏向,总觉得不一样。

实现人生计划是生命的最大目的。而木木是什么? 为什么他心里偏向木木? 他在这种巨大的矛盾下只能安慰自己,这都是计划的内容,都是一件事。

他认为人生计划是一种束缚,而传说中的爱是强大的未知力量,他也相信在未来染色体恢复原样后,爱依然存在。可是这种思想是违背科学计算的。

第二十三章　/　**钢铁战士**

飞船空间跳跃完毕,在术贰的思维还没有恢复到正常程度的时候,外面正处于一片混乱。

值得庆幸的是,直到他恢复正常,飞船也只是受到了轻微的刮伤。

外面正在进行战斗。交战双方使用着不是很先进的武器,以子弹伤害为主。他们敌我分明,坚定地攻击敌人,并没有把术贰的飞船作为靶子。

但令术贰震惊和不解的是,他们的飞船结构和自己的飞船结构十分相似。

术贰小心且灵敏地避开战场,离得远远的。突然,飞船不受控制地飞向战场外另一侧的一艘大战舰。

术贰冷静地控制飞船,将中轴指向大战舰。飞船停不下来。

他系上了安全带,准备迎接撞击。

越来越近,当术贰认为自己的飞船能一下击穿大战舰时,突然检测到了磁场的变化,飞船掉转了方向,和大战舰同步旋转,对接口被强制面对大战舰接口,像是服从最高命令一样。

一次颠簸后,术贰飞船的舱门开了。显示屏上显示飞船储电在快速增加。他疑惑地看向舱门外,有很多穿着制服的人在匆忙地走来走去。

他溜进大战舰。看样子这些人都是战士。他们发现术贰后都迟疑了一会儿,越来越多的人看向这个不速之客,然后都掏出枪指着术贰。"等等,别!"术贰连忙回到自己的飞船。一个高大的军官拿着枪,大步逼近,气势汹汹。

"你是谁? 把枪放下!"军官说。

"我是路过这里的。"术贰慢慢走出来。

"你为什么在我们的战舰里? 那艘飞船由谁操纵?"军官刚问完就有人报告:"董先生,那艘飞船上没有装载武器。"

"那是我自己的飞船,我不知道为什么和你们的飞船一样……"术贰说了一半,陷入思考。

"这是你的最后一战,你跟我讲过。"术贰说。

军官放下了端着的枪转头就走,并喊道:"我知道,闭嘴。以后别打扰我,快滚!"

术贰回忆起躺在床上的老人,再对比了一下眼前的这个壮汉,不禁感叹。他有很多话想说,但说不出口。

他跟着老董走到了显示屏前,老董年轻的面容上带着严肃凝重的表情。

老董看了一会儿显示屏，猛然转身，和术贰面对面撞上，老董眉头一紧，一把把术贰拨到一边："我说了躲开！"

老董快步走到了另一架战机的舱门口，开着小战机加入了战斗，他熟练地操作着，击沉了数艘敌方战舰。

术贰第一次看到年轻的老董的样子，他知道年轻的老董现在还不认识自己，不敢相信这和卧床不起的老董是同一个人。

老董老了以后变得那么和蔼，这种年轻老董的冷漠所带来的差距感，让术贰回忆起许多事情。术贰想到了老董说出柿树时自己忍不住流下的眼泪。

暴脾气的老董推开他的那一刻的力量，何尝不像是他背起老董的力量。

穿制服的人们都在紧张地忙来忙去，面对大显示屏一动不动的术贰的安静被明显衬托出来。光从窗外投射进来，打在涂漆的金属上。

比起以前平滑的肌肤，这金属使术贰显得更成熟。

敌人撤退了，无数飞船回归，老董的飞船还在黑暗的太空中飘浮。一切恢复平静，术贰回到自己的飞船上，想起在灰白沙砾星球上见到的起舞的老董。

老董也回来了。术贰使自己的飞船脱离对接，老董回到了大战舰上。

在窗户边，高大的老董背着手看着窗外术贰的飞船慢慢加速直至突然消失，心里在想后来他们是如何相识的。

术贰又一次启动空间跳跃,他没有了以前具有稳定性的人脑,现在这机械的大脑倍感压力。这使他丢失了一些印象不深的记忆。

　　驾驶座上,机器人术贰低着头坐着,没有一点生机。他的意识在迟钝地运行。

第二十四章 / **名誉与财富**

飞船里播放着音乐,机器人术贰埋着头安静地坐在驾驶座上,随着摩擦稍稍晃动,像是睡着了一样。但他不需要睡觉,只是沉默。

慢慢开始减速,术贰扶着座椅扶手慢慢站起身子。他敲了敲显示屏,指着自己的脸说:"我是生命。"

他清理了储存时间过长的食物。没有人,这些食物也换不出去,只能等待着它们慢慢失去价值。

术贰像往常一样,趴在窗边,看着那些奇异的光线,试图重拾审美能力,可是失败了。现在的他只得出了星际尘埃的大概体积的结论,而不能感受到"它好美"。

于是术贰去了不常去的一个舱,这里有一面白墙,一个投影仪,没有其他东西。

褪色深空

他打开了投影仪,坐在宽敞的舱室里。他看着过去的影像,还有曾经做的梦。

"我没失去情绪。情绪是血肉创造出来的,只是我的身体对情绪没有了反应。"术贰自言自语道。

飞船外的陌生星系中只检测到了一个有生命的行星。

术贰落在了那颗行星上,这里下雪了。在众多人造坐标的天体中,有这种自然现象的真是不多。

他一脚一脚踩出声音,留下足迹。一个光着膀子的人站在雪里,关节冻得红红的。

"这里零下八摄氏度,你能忍受?"术贰走近他问。

"还好,习惯了。你在找什么东西吗?"光着膀子的人问。

术贰转了转头问:"我是生命吗?"

"你……其实你心里清楚。你可以去观察植物,甚至可以去观察病毒。"

术贰点了点头说:"人类了解透彻这些事情后,反而对生命的概念更不清楚了。"

光着膀子的人正在用雪堆某种东西。他嘴里冒出大量白雾,他堆了一个小丘,抱起之前滚好的大雪球要放上去。雪球放在了小丘上,光着膀子的人看着雪球,用鼻子蹭了蹭。

突然小丘崩裂了,雪球从上面滚了下来,落在地上,裂成了几大块。

他们沉默地看着碎块,表情像周边寒冷的环境一样。

光着膀子的人走到碎块前,猛地一发力,踢碎了大的碎块,雪花飞溅起来。他滑倒在地上,龇着牙,抱着脚踝。

术贰挥起他的人造合金肌肉纤维手臂。在雪和雾中,看不清他的出拳。他击碎了另一块雪块。

术贰扶起了那个人。

"你和我差不多,机器人。"他说。于是他捡起一个小雪块砸在术贰的身上,露出了笑容。

术贰也一样,轻轻地丢了一个雪块到他身上。光着膀子的人笑着,嘴唇裂了口子。他跑到小丘后面蹲下,向术贰扔雪球。

术贰抱着头,跑来跑去,时不时还击。

他们不知道打了多长时间雪仗。术贰好久没有过这种感觉了。为了感谢,术贰把一些保存完好的食物给了光着膀子的人。

这里是只有废土和生命力顽强的植物的荒凉而寒冷的地方,但术贰却有一种不想离开的情绪,寒冷的地方总是会出现一丝"温暖"。

"像你一样,即使一无所有了,只要快乐,人生就美好吗?"术贰问。

光膀子的人看着地面轻笑一声。

然后光着膀子的人沉默了一会儿,犹豫地、颤抖地摇了摇头。"走吧,你还有事儿要做。"他说完转身就走,头顶上冒着白雾。

术贰向着飞船走去。

快乐很短暂。雪试图擦净术贰的脚底,但当他回到飞船上时,脚下还是有污泥。

身上的水沾湿了驾驶座,地上留下脏脚印。飞船升空后,术贰顺着窗户往下看。

术贰盼着看到光着膀子的人像之前黑衣女孩儿一样招手,但在白茫茫之中竟然找不到她的身影了。

"刚才的问题真傻……快乐这种情绪不是也很难得吗? 至少对于我来说是。"术贰开始厌恶孤独了,却又不习惯有人陪伴。

第二十五章 / **旅途**

距离预计的拦截地点不远了,只要术贰的新躯体能再坚持两次高频率的加速空间跳跃。

术贰检查了自己保存的旧身体,数据显示一切正常。他的细胞组织的大脑对于这种高频率的加速完全可以支持,毕竟这个身体还很年轻。

对于机器人术贰,一切老化和损伤都会以警报信息报告给大脑。术贰不想习惯这种感觉,这种系统总是不如人体的。

他给自己更换了电池,飞船停在了一艘不大的飞船边。显示屏上闪着对接的申请,意识模糊的术贰低着头坐在驾驶座上没有反应。

那艘飞船很干净,正在慢慢靠近术贰的飞船,直到术贰恢复正常。他看着显示屏愣了一会儿,允许了对接。

术贰来到客舱,和一个熟悉的人碰了面。

这个女孩儿戴着一个奇怪的大面具,看不清她的脸,但是却让术贰感到那么熟悉。

她的动作开始不自然,她摸了摸自己的面具,频繁地眨眼,左顾右盼。

"你从哪儿来?"术贰主动问,并示意她坐下。

"笼星。这里有人类吗?"她的声音流畅,和她紧张的动作并不相符。

棕色的自然卷发染成了粉色,麦芽色的肤色还像以前一样。

"我就是人类,你的面具是做什么用的?"

她摘下了面具说:"你分明是机器人嘛。这个面具就是降温用的,改变不了什么。我得了一种病,只要与人交流就控制不住地脸红发抖。我不想承认我有这么愚蠢的病,但现实总是把我推向脸红的尴尬境地。"

"来我的飞船上转转。"术贰没再多说。

女孩儿来到了术贰的飞船主舱里。术贰来到控制台前开始介绍,说着说着就发起呆来。

"你……你怎么……?"她叫起来。

术贰猛然回过神来,看着她吃惊地指着自己曾经的身体。眼泪从她的脸上滑落。

"你把他怎么了?!"她捂着嘴蹲到地上。

术贰才反应过来:"我……他就是我,淳兮,后来发生了好多事。"

术贰走过去，轻轻把淳兮扶起来，金属构成的冰冷身躯慢慢把她扶到驾驶座上。淳兮打了个寒战，鼻头红红的，透亮的棕色眼睛半信半疑地看着他。

术贰把自己冰冷的手移开。"我碰上了海盗，然后我死了，然后我又活了。怎么说呢，一时半会儿讲不清，但我还记得你。咱们是在笼星认识的。"

淳兮看着他，沉默了一会儿，慢慢露出了微笑，脸一下子就红了。这是在她家里的照片中从未出现过的表情。

她站起来抱住了机器人术贰，又突然松开。"不好意思，我太冲动了。"

淳兮沉默了，她望着术贰曾经的身体，忍不住流下了泪水。

"你……你走了之后，我妈妈因为等不到我爸爸，就想不开了……遗书上说让我去找你，因为你穿着和我爸爸一样的衣服，所以当时妈妈把你叫到家里。虽然我也没有见过爸爸，但我还是要去找他。"淳兮哭得更厉害了。

"这衣服是舰队的制服，可惜，我刚在上一个时空和他们见过面。现在要回去的话，太远了，到时候就会像我现在一样，你不是你，他不是他了。"术贰说。

"可……可是……"淳兮哽咽着说，"没关系，你快去找她，我……我去找我爸爸，再回去找你，我会弄清楚我自己是谁。没关系……我飞船里有意识加固器，对你这金属脑袋有用，我……要走了，你好好的，我只是路过，我该走了……"

她擦了擦眼泪，取来了意识加固器，踮起脚，吻了术贰冰凉的脸。

淳兮跑回了自己的飞船。术贰愣住了，他想拦住她，因为他认为淳兮会一去不复返，可术贰还是选择尊重她的决定。

第二十六章 / **逝去的东西**

淳兮出发了,中年妇女的遗书留在了驾驶座上,是用传统的手写方法书写的:"还记得那个叫术贰的小外星人吗?他穿的是你爸爸的衣服,但是不知道为什么胸口上却有个洞。我熬不住了,你一定要去找爸爸,找到真正的他。"

术贰看完开始回想,那个洞是胸针被抢时留下的。

不过淳兮的爸爸也许已经不在了。淳兮只能把分辨"什么是现实"作为人生的目标,找到真正的自己。

这一切都不是巧合,都像是现实早就安排好的。很快就能救回木木了,术贰机械的眼睛转向黑暗的窗口。

外面还是很干净,干干净净的一片黑。这种风景是像术贰这种渺小的生物无法欣赏的。

真实的宇宙是如此宏大而美丽,宇宙,是充满危险的。电力产生的人造光照在地板上,显得十分明亮。

　　术贰关闭了一半的灯光,幽静的环境能让他平静下来,当然也会带来焦虑,这种焦虑来自无限的黑暗,比如没有光的桌下和墙角,即使那里什么也没有。

　　他不再犹豫了,走到了木木的躯体旁边,启动了它的意识采集器和飞船的绝缘系统;又从桌子上拿起了淳兮给的意识加固器,在木木的躯体和自己的躯体上分别安装好。

　　一切都准备好了。当飞船加速时,意识加固器被强制启动。术贰一下子从驾驶座上倒下来,一头栽到地上,像个没有生命的木偶,以奇怪的没有规律的姿势躺在地上。

　　就这样持续到了飞船减速。意识加固器释放了锁定的意识。术贰清醒地从地上爬起来,望向窗外,一些奇异的光线,正滑入恐怖的黑洞。

　　术贰计算好了时间,手动操作飞船,以弧线的轨迹转进这个坍缩的空间。他马上提速,身后有金属碰撞的响声,窗外是从未见过的光线,而术贰并没有闲暇时间回头。

　　飞船被弹出了黑洞,术贰又马上切换成了去往地球的路径,按下了空间跳跃。他再次倒在了地上。

　　一个淡红色的身躯把术贰扶到驾驶座上。坐下时,术贰苏醒了。

　　术贰只是一言不发地坐在驾驶座上,看着左顾右盼的木木,沉默了好久。

　　他突然起身抱住了木木,发出金属之间的碰撞声,没有了以前的柔和感。

"你是……？怎么回事？刚才那个白色的门是什么？我怎么回飞船里了？"

面对满是问题的木木，术贰指了指自己以前的躯体说："我原来的身体坏了，现在我和你一样了。"

木木立刻跑到那个试管边上，双手扒在试管上看着里面的血肉之躯，随即陷入了沉默。

自从术贰变成机器人后，他理解了木木这种长时间的沉默，她在思考，准确地说，是在计算。

"你的意识没法穿越那个虫洞，在你离开了好久以后，我把你拦截回来了。中途遇上了好多意外，我原来的身体也坏了。"术贰慢慢解释。

木木还是沉默了好久，她有强大的计算能力，可是再强大，也无法想象出术贰找回她的决心。

试管里的橙色光线投在木木的金属外壳上，驾驶舱里也如同太空中那样安静。

他们就这样四目相对，术贰总觉得缺了点儿什么，但又不能埋怨木木什么，好像一切都回不到从前的样子了。

外面隐约看得见黑洞的轮廓，这个轮廓让术贰想起了他曾经仰卧在家里的地面上看到过的那种"行星挡恒星"现象。

她回来了，有些东西却回不来了，一切都回不到从前的样子了。

"没关系，应该有人能修好你的。"木木终于开口说。

"嗯。"一句经过无比复杂的计算后得出的结论。

"不管了,走吧走吧。"木木的语言总是比术贰更人性化,可能是因为她从小就是机器人,比术贰更适应机械身躯。

第二十七章 / **无形的现实**

　　回归正轨,他们又踏上了寻找地球和柿树的路,术贰回忆起那次噩梦中长在自己飞船上的高大植物。

　　为什么是植物? 植物总是活得很安静。

　　他拆掉了自己和木木的意识加固器。发现木木的大脑比自己的更先进,这使术贰放心很多。

　　距离地球还有一段长路。新一站是一个庞大的行星,从太空中看,它显得生机勃勃。

　　这里有庞大的社会体系,繁华的大型建筑,但街上没有一个人。

　　"这里为什么没人?"术贰随口一问。

　　木木没回答,只是左顾右盼。

　　从街角走出一个人,他走得急促,戴着手套和透明面罩。看见术贰和木木后,他愣住了,似乎是因为害怕而不敢再前进。

"喂!"术贰调大音量说。

他掉头就走,术贰连忙追上去。戴手套的人听见身后术贰追上来的声音,吓得拔腿就跑。

木木也跟上了。

"别过来!"他大喊。术贰听见后就停下了。戴手套的人的透明面罩里起了雾,他转过身双手举在身前示意术贰保持距离。

"怎么了? 这里怎么没人?"术贰站在宽阔的街道上问。

"你是什么东西?"戴手套的人惊慌地问。

"我是人,机器人。第一次来这个星球。"术贰回答。戴手套的人慢慢放下了双手。

"瘟疫之神发怒了。因为时代的发展,我们不再相信它,甚至妄想打败它。现在局面控制不住了,人们都不敢出来。"戴手套的人冷静下来说。他说完就转身急匆匆地走了。

术贰转头看了一眼木木。对于术贰来说,病毒比较陌生。病毒似乎总是针对某些生命形式,包括人类。

他还记得当他第一次见识到病毒的时候,感到的那种不解,即使他明白,这只是一种自然规律,但他总是假想它是有目的的。

人们会对这种观察不到的东西产生恐惧感,一种本能的恐惧。

即使术贰不再是人类,但它曾经给他带来的恐怖印象还是让术贰愣在了原地。

"怎么了?"木木问。

"没事儿,好奇怪啊。"

"什么奇怪?"

"这种东西,就像一种意识一样。它在人类社会中扩散,并同时走向一个方向。终点,就是消逝。"术贰说。

他带着木木来到了一个房顶上,这里的天空很干净,是深紫色的。术贰走到房檐边,弯腰朝下看了看。

木木拉住他,什么也没说。他们站在一起看着这个黑夜中的城市,安静而危险。

"别想太多了。"木木说。

"嗯,可我就是不明白,生命是一种概念吗?"

木木指了指旁边的白色的墙,上面有一些文字:"有距离,总是保持距离。我们分明都存在。"这些字是刻上去的,显得很笨拙。

术贰总觉得不安,他带着木木往回走,途中看了看这些建筑,突然和一个窗户里的男孩儿对视了。男孩儿穿着紫色的衣服,背着光,双手扶着落地窗,用好奇的眼神看着他们。

他从窗口投下一张纸,纸落到地上。术贰弯下腰,但没有把纸捡起来,纸上面写着"你是万物的依据——现实"。

术贰再抬头看,那扇窗户里的灯熄灭了。这句话好像是在提示他,他又明白这可能只是巧合。他打算重新认识一下现实,再去感受现实。

但是他的思绪越来越混乱了。术贰看着向飞船走去的木木,那种恐惧感顿时又清晰了,因为他没法观察到这个现实的规律,只能用病毒来粗略地比喻它。

他整理了思绪,追上了木木,回到了飞船里。

"你还像以前一样,总是漫无目的地旅行。"木木说。

"这挺启发我的,至少告诉了我,我怕的是不可察觉的现实。"术贰看着显示器说。

"你不是要找柿树吗?"木木说。

"嗯,我就是……不理解。"

"不理解什么?"

"情感……不对,现实。"

"你和我一样,在理性的世界藏着不合理的感情。"

"人类都是这样,钻研的多了,又会回到起点。"

说完他们都沉默了,像是刚争吵完一样。

他想突破符号概念,利用感性,重新认识现实,再去寻找多少光年以外的她,这样就没有了距离,你就是我,我就是你。他再次审视这个抽象的概念——爱情。

不过这很艰难,因为不能通过数学来运算,而是需要用思维来破解。

"机器人真的没有情感。我承认了,这种情绪反应只是我们运算出来的,总是感觉和之前我的身体所产生的反应是不一样的。"术贰说。

木木只能试着理解,但不能认同:"不说了,走吧。"

"我以为我还会像以前一样漫无目的地游玩,然而我变了,什么都变了。"

"别说了,走吧。"

飞船升入太空,术贰看了看自己曾经的身体,它还是那么干净美丽,平滑而苍白的肌肤,流畅的肌肉线条。暗淡的人造灯光下,一切一如既往地安静,十分安静。

"没什么不一样的,换了个材质而已。"术贰自欺欺人地说。

"然而我不记得我感受过。"木木说。

术贰沉默了,看着窗外的某个行星的卫星。他的确感受到了许多光年以外的距离,不同宇宙的距离。在遥远的那头,有个女孩儿,她抬头望着天上的那颗卫星,试图与他取得联系。

这种联系,让术贰感受到了这种距离,实实在在的距离。

"这一定有联系。"木木说,"你感受到了吗?"

"嗯,是意识的交流。"

"她叫淳兮,好听的名字。"木木说。

"她是某段时期的你,你作为人类感受过。可能是因为太遥远了,你的意识流失了。"术贰说。

"有距离也有情感。"木木说。

"走吧。"术贰说完启动了空间跳跃。

"以前是为了停下来找点生存资源,现在不需要了,但成了习惯,停下来只是想和人们交流交流。"术贰说。

"挺好的。"木木说。

术贰开始变得迟钝,木木看着呆呆地坐在驾驶座上的术贰,等着他从这种状态中恢复过来。

　　　　褪色深空

"还有多远啊?"术贰问。显示器显示出了曾经定的目的地的坐标,大概还需要六十三次加速,上次逆向行动使术贰离目的地又远了很多。

但这距离的增加,好像使术贰更放松了些,因为他开始对目的地的现实产生莫名其妙的恐惧感。

窗外飘过的怪异物体吸引了木木的注意。"那是什么?"木木趴到窗子上,金属的脸颊侧着贴在厚厚的窗子上,"飘过去了,看不见了。"

术贰愣了一会儿问:"看见什么了?"

"似乎是人造的东西,形状有规律,像是某种石雕。"

术贰决定出舱去看看。"小心点。"木木说。

术贰再一次飘浮在太空中,这里又是那无尽的黑暗。他开始产生恐惧,恐惧不停地累积。

这就是他临死前的那种感觉,熟悉而又难以接受。他尽量矫正思维,使其锁定在那个石雕上。术贰用夹子夹着,把它带回了飞船。

他们站在桌前打量着石雕,术贰发光的视觉系统一闪一闪的,他们都在计算和扫描这个奇怪的"艺术品"。

这个石雕像一个脑袋差不多大小,由常见的元素构成,似乎磨损了很多。雕刻的是一个类似人类心脏的形状,有几个管状造型从上半部分延伸出来。奇怪的是,术贰即使开启照明灯,也无法顺着管状造型看清里面。石雕上面布满了文字,术贰只能辨识出来一小部分。石雕整体是米白色的。

术贰不能完全弄懂石雕上面的文字，只好暂时把它摆在了桌子上，倒是个不错的装饰。

"这儿有个小圆圈。"木木指着石雕说。

褪色深空

第二十八章 / **娱乐公司**

　　术贰转到桌子这边，看着石雕上的圆圈又开始思考。

　　他用手指敲了敲圆圈，无比低沉的声音从雕塑黑暗的中心顺着管状造型传了出来，那声音像心脏在搏动，却又低沉许多，穿透力极强，或许人类很难听到这声音。

　　引力监测系统显示飞船内有异常的引力波动。他立刻意识到，这是一台有艺术感的呼叫器。没多久，飞船就监测到附近出现了其他飞船。

　　出现在窗外的这艘飞船打理得很好，整齐又规矩。一端有一个长长的类似信号塔的金属架，还有看不懂而又显眼的巨型标志。

　　术贰和木木拜访了这艘飞船。舱门口有迎接客人的员工，他们长相奇异，穿着古怪，但看起来整齐干净。

一个员工对他说："欢迎来到尤若公司,我们这里有休闲娱乐、医疗……"

"您好,是您操作的呼叫器吗?"员工的话被一个高大的诡异男人打断。

"哦……我捡到的那个……"

"哦,非常感谢您,我们意外丢失了一个呼叫器,正在发愁,多亏是您这样善良的人捡到了。如果被一些野蛮的生物捡到,会很麻烦。"

"哦,我这就去给您拿来。"术贰说。

"十分感谢,若是所有机器人都像您这样善解人意就好了。"他带着僵硬的笑容说。

术贰当作没听见走回了自己的飞船,木木在一边等着,高大诡异的男人用毫无生机的眼神看着木木。

术贰捧着那个石雕走回来。

"哦,是的,就是这个。如果方便的话,请跟我来参观,我会给您纪念品。"诡异的男人接过了呼叫器。术贰同意了,男人边走边介绍。

"我是这儿的经理,我们主要经营娱乐项目,有很大范围的人类殖民地都在使用我们的信号节目。当然这艘飞船里除了无聊的工作室,还有丰富的娱乐场所和先进的医疗设备。"

术贰边听边参观,这里的确很热闹,无数间工作室就在他们经过的一侧。术贰觉得这些工作室看起来并不无聊,里面貌似在拍摄视频,演员们在表演,很多设备在运行。

演员是个面熟的人,术贰努力在受损的记忆系统中回忆寻找,却想不起来在哪儿见过她。

经理带他们来到了娱乐区。

"这里提供游戏、饮食,哦,当然你们不需要……"

术贰的注意力落在了一个叫"梦境体验"的机器上。

"等一下,我想试试那个。"术贰说。

"可以,免费的。"

"谢谢。"

旁边的服务员示意他坐在机器的座椅上。

"我想调出我以前的梦……"

"来吧,试试再说。"服务员打断他的话,笑着给他戴上了头盔。

"机器人的人造意识没有人类的意识敏感。"服务员对已经处在休眠模式的术贰说。

这里一望无际的白沙土地,平坦、安静得让人心慌。连微风都没有,地上没有一粒沙子在动。

术贰慌张地四处张望,自己的长发出现在视野里,他用白皙骨感的手摸了摸自己的头发,摸了摸自己的嘴唇。

他朝着一个方向走,慢慢跑起来。细沙使他站不稳,他摔倒在地上。

静静地趴着,他看到面前的沙子上有一株小芽。他就静静地盯着它。

小芽突然快速生长,长成高大的植物,但还没停止,直到长出扭曲的恐怖的巨大笑脸和无数细长的肢体。

术贰慌忙爬起来，扭头就跑，奋力奔跑，眼前一片令人窒息的望不到边的平坦白沙，没有一处可躲。

身后巨大的畸形植物用无数的肢体爬行着追逐术贰。在一片寂静中，只有沙沙的摩擦声。

而后一声使地面颤抖的低吼声，似乎传到了宇宙之外。

他猛然站起来。这机器可以让人感觉到那么真实的梦境。

操作机器的员工咯咯傻笑。术贰摸了摸自己头上的声音接收器，看着带着僵硬而诡异笑容的经理。

"体验如何？"

"嗯，不怎么样。"

"这个梦境构造的方法是受你潜意识影响的。"

"嗯，我知道。"

"所以你害怕植物？"经理的表情几乎从来不变。

"算是吧。"术贰说。

术贰在自己残缺的记忆储存里搜索，寻不到任何结果。那个年轻演员到休息时间了，她正好路过这里，对术贰说："你让我想起了一艘白色几何体的飞船，还有一台旧电视。"

术贰感到强烈的熟悉感，木木好像被唤起了封存很久的记忆，但她并没有想说出来的意思。

"你我好像相隔几个宇宙，你却总在我心里呼唤我。我不得安宁，因为我也忍不住在呼唤你。"演员说完就走了。

"老董带我来过这儿吧……不对，我计算了很多次，贰……

我在不同的时期都见过你。"木木说。

"我寻找几次了?"

"不知道。为什么如今就在眼前,却好像相隔甚远?"

"不知道你们在说什么。虽然她是个机器人,但很像人类。看起来你们认识啊,那就多玩会儿吧。"经理礼貌地说。

"你懂了吗? 贰,你在找什么?"

"生命……不是,灵……灵魂?"术贰的手扶在头上,"她是很久以前的你。"

"我早不记得了,啥都忘了。"木木说。

经理还保持着诡异的表情,高大的他微微低着头看着他们俩。

"别犹豫,贰。经理,你们的医疗水平怎么样?"

"一流,不过这就不能免费啦。"

"把意识移植到脑器官的手术能做吗?"

"当然,不过您用什么换一个崭新的大脑和人类身体?"

"身体我们有……"

"用我现在这款躯体交换。"术贰插嘴说。

经理的诡异笑容突然消失,他愣了一会儿,又露出了不一样的笑容。这次的笑容倒充满了发自内心的愉快感。他说:"那太好了,你可要考虑好。"

"在这儿等着。"术贰说完转头就走,又回头看了一眼木木。他坚定地回过头,跑向了自己飞船的舱门。

他推来了自己年轻的身体。

"这是……?"经理问。

"以前的我。"术贰说。

"哦,是个俊俏的小伙子啊。我以为您是个纯粹的机器人呢。不好意思,失礼了。这交易我绝对愿意,保证安全。"经理双手握在身前说。

他们去了先进而令人震撼的医疗站,那里都是令人起鸡皮疙瘩的机械臂。"我们的仪器精准度达到了质子级别。绝无意外。"经理介绍道。

机械躯壳躺在一边,他的意识储存器在手术台的仪器上安置着。白皙的年轻身体固定在手术台上。机械臂探测头一样的端部扫过身体的头部。

"他的脑细胞死亡太多了,需要更换新的,尤若先生。"

经理和木木站在手术室外的玻璃窗前看着手术进行。经理转头看向站在旁边的木木,木木示意他可以更换。

"好的,求太医生。"经理说。

"请等待。"没有人形的医疗仪器求太医生说。玻璃窗切换成了不透明模式。

"姑娘,等一会儿吧。"经理说完开始在走廊里溜达。

白色涂漆的机械身体被运出来。木木看着它,它那么安静与理性,或者说没有生机。

经理安排人把这高性能的战斗机器躯体推走了。木木正等待的是一个少年。

预计完成手术的时间已经明确,而木木盯着那陌生的计时装置却感觉时间前所未有的难熬。她想起自己的意识脱离的那段时间,术贰是否也感到如此孤独,他又等待了多长时间?

无论木木的计算有多准确,那种主观的感受是无法体会到的。她只是看着被慢慢推走的那个白色躯体,看着它越来越远。那人推着白色躯体拐进了另一条走廊,带走了木木眼前唯一与术贰相关的物品。

木木直勾勾地盯着拐角处,背对着经理。经理的脸上还是如往常一样,挂着骄傲的或者说是自信的,还有些许诡异的微笑。

经理看向坐着的木木,作为一个商业大亨,他思考的时候微表情独特而又容易被发觉,流露出他的非凡智慧。他思考了一会儿,说:"你曾经也是个人类吧,你看起来很苦恼啊,孩子。"

木木转过头看到经理令人放松的姿态,动作变得温柔了很多,说:"嗯,感谢你是聪慧而且善良的,第一眼令人感到不祥的好人。"

"哈哈,可能是这样吧。"经理说。

"我苦恼……像一个传说的古老故事讲的,他像一朵向日葵,却永远向着月亮,本身就是错误的,还遥不可及……"木木说。

"哦……是指那个男孩儿吗……无疑这是个浪漫的悲剧。"
经理说。

他们沉默了很久。

经理在思考古老故事的主人公是谁,木木在思考术贰还要
多久才能出来。

就这样沉默了许久,经理没想出来答案,木木等到了结果。
一把自动轮椅架着虚弱、憔悴的美丽身体出来了,虽然看起来没
有以前那么活力十足,但谁都知道,他会好起来的,至少少年依
旧是那么精致。

木木马上起身走上前去,温柔地扶着轮椅,问:"贰,还好
吗?"

"手术很细致,重新构建了我以前网格细胞和位置细胞的
运作顺序,我不需要太多的康复训练。"术贰疲惫地微笑着说。

"一切都会好起来的。"经理说。

"感谢您,还有求太医生。"术贰说。

"同为人类,不客气。你的身体是人工进化的第三代,身体
能力和脑组织都很强大,虽然某种细胞缺少一些感光物质,但没
什么影响。记得按我的嘱咐吃药,饮食和排泄不需要很频繁。"
求太医生说。

"好的。"术贰说。

经理给予了可供术贰很长时间生活的食物补给,说:"你的
机械躯体价值很高,带上这些,继续去找你的目标吧。"

"嗯。"术贰收拾好了东西,离开了曾经为他播放节目的娱乐公司。

术贰坐到驾驶座上,手抚摸着自己的大腿,盯着显示屏发呆。

"怎么了,贰?"

"没事儿,有点迷茫,可能是正在恢复的正常反应。"

"别这么理性地跟我说话,你可是个年轻有活力的人类。"木木调侃道。

"走,去找那个植物,找那个什么……地球!启航!"术贰站起来,一条腿踩在驾驶座上指着显示屏喊。他弯下腰在显示屏上操作,把路线调整好,启动了空间跳跃。

"那个经理为什么对我们这么热情?我观察到他冷落了其他客人。"术贰问。

"哦,在你手术时我们聊了很多,他看到你的飞船型号,以为你是笼星的战士,很尊重你。"木木回答。

"哦。老董的飞船,或许比我想象的更加意义重大。"术贰摸了摸飞船光滑的白色墙壁说。

"就像英雄的剑那样?"木木问。

"嗯。但是对他的功绩,他自己好像一直很悔恨。我也不知道发生了什么。"术贰回忆着说。

"战争总是残酷的。"

好久没这么多话可说了,术贰恢复了人类独有的感官之后,似乎有很多想表达的东西。而且他似乎一直在释放并且享受情绪给自己带来的感受,包括焦虑和难过。

他坐回驾驶座伸了个懒腰说:"好久没有这种感觉了……好舒服。"他闭着眼,半躺在椅子上,咬了咬干燥的下唇。"我去厕所。"术贰又站起身。

"你该吃药了。"木木说。

"哦,对,我还要吃点好吃的。"术贰说。木木托着下颌看着他。

"厕所没好吃的,先去厕所,然后把手洗干净再出来。"木木说。

术贰扑哧一笑说:"我知道,我知道要保持清洁。"木木去仓库给他拿出了肉罐头和酸奶,这些美食的记忆已经不知道有多久远了。

经理给他们的食物算是格外珍贵且丰富的了。过了一会儿,术贰回来了。

"嗯,大餐。你都没吃喝,上啥厕所?"木木说。

"谢谢! 我洗脸刷牙,我好饿。"术贰笑着说。

第三十章 / **整理情绪**

术贰吃得不多,他控制了食量,并且按照医生的话服用了用于恢复消化系统和内分泌系统的药物。

其他一切都好像回到了以前,飞船的舱内有柔和的光线和干净的墙壁,还有舒服的座椅。他重新打量这艘飞船。

看着地板上的金属划痕,回忆他的热血经历;看着窗外的无际黑暗,回忆他的迷茫。感受这熟悉的安静。

突然,他在一个角落发现了一个并不眼熟的小东西,术贰蹲下来,仔细观察:"这是什么?"

"什么?"

"你帮我看看,一个小仪器。我不记得有这个东西。"术贰说。

木木走过来也蹲下来,她扫描了它的内部结构。"大概是个定位器。"木木说。

"什么时候放在这儿的?"术贰问。

"不知道。我查一下监控。"木木接上了飞船监控系统的数据线。

"是那个女孩儿。好久之前了。"木木过了一会儿,说,"我好像有印象,是为了能找到你的位置。"

"淳兮? 你?"术贰问。

"嗯,对于我来说,是好久好久之前我放的。对于你来说,是不久之前淳兮放的。"木木断开了数据线。

"你想起来了?"术贰瞪大了眼,捧住木木冰凉的脸问道。

"只记得这一点。"木木将头轻轻一歪说。术贰把她扶起来,抱住了她,眼睛湿润了。

"你说你要去寻找现实,你记得吗?"术贰声音微微颤抖地问道。他终于再次感受到了这种激动的情绪。

"后来不记得了。那天我很激动,所以记得清楚,我以为你死了。"木木抚摸着术贰的后背。

"飞船停了,看看外面有什么。"木木说。

术贰抹了抹眼睛看向外面。光线透过窗户照进飞船,像以前一样,打在术贰的脸上。木木安静地打量着他的侧脸,很久没有和他距离这么近了。

他长长的睫毛上挂着微小的泪滴,如果不是光线仁慈,照得它闪闪发光,难以发现这个少年的微小的泪滴都是如此迷人。

木木回过神来,连忙点击了窗边的滤光系统,说:"小心晒伤了。去洗洗脸。"

"哦。"术贰又去了卫生间。

外面的那个星球有植物和建筑。术贰的精神头儿回来了，他开始有些兴奋，迫不及待地想去拥抱人类感官下的世界。

飞船着陆了，他赶紧来到气闸舱，刚要开舱门又回头手忙脚乱地穿太空服。

术贰站在了舱门外，听着自己阵阵的心跳声，眼前有很多种植物，他观察着各种果实。巨大的石砌城堡矗立在茂密的植物中。"氧气含量23.65%，我们去那个大房子里看看吧。"木木从飞船里走出来说。

"走，那里应该有人。"术贰扭身对木木说。

大门口蹲着一个身穿闪耀着金属光泽铠甲的人，戴着严实的头盔，看不见他的脸。

"你好吗?"术贰问。

身穿铠甲的人缓慢地抬起头，金属叮叮当当碰撞着，他说："哦，我好伤心，你看得出来。"声音在头盔下，听起来闷闷的。

"你怎么了? 这里有什么?"术贰问。

"你的铠甲好奇怪啊。这里是王宫，我是王的女儿的守护者。"

"哦，那你应该很自豪才对啊。"

"这很明白，不是吗? 我发誓要一直守护她，但所有人都认为这是我的义务，除了我。这样很久了，我现在才怀疑这值不值得。我不是为了有工作、有饭吃才来的。她……她刚才和邻国的英俊王子玩得很开心。"

他又低下了头，说："我自作多情了，她曾在害怕时躲在我身后……我举着利剑坚定地……爱她……她爱的是英俊的王子，而不是……脸都没露过的我。"

术贰看了看木木，木木一动不动地站在那儿。他不知道怎么安慰这个人，即使他在很努力地思考。

"不好意思，我是个卫士，让你看见了我柔弱的地方，你们来这里有什么需求吗？"穿铠甲的人声音颤抖着，站了起来。

"对不起，帮不到你。我在找一种植物。"术贰说。

"这里植物茂盛，有数不清的种类……"穿铠甲的人哽咽着说。他站得笔直，手抚着剑柄，时不时因抽泣难以掩饰地颤动一下。

"打扰了，都会好起来的。"术贰说完就打算离开。他不知为什么也感受到了那彻底的心碎。

"你们不能进城堡，其他的随便。"穿铠甲的人说。城墙后隐约有少女的说笑声。

"心里少点东西？但千万别麻木，你很珍贵。"术贰说。

他们沿着茂密植物中的小径向城堡的反方向走去，术贰回头看了一眼，穿铠甲的人在摆弄自己闪光的利剑。他们走进了茂密植物的深处，术贰又回头看了一眼，在交错的枝杈后看见身披耀眼铠甲的卫士转身走进了城门。

术贰叹了一口气，摘下头盔，一吸气忍不住咳了两下，这里都是植物散发的怪味。

他一直走,感觉到植物的枝条划过他的头顶,才缓过神来。他停止思考卫士的情绪,开始细心观察每一株植物,看到很多奇异的果实和叶片。

没有人指点,他如何能辨识出哪一种是他要找的柿树?他自己也不知道,就尽力记住它们奇怪的样子和颜色。

远处城堡的方向传来一声尖叫,术贰扭过头去,在植物的遮挡下已经看不到小径的那头。

"听起来不是什么好事。"木木说。

这让术贰再次无法集中注意力。"我们要去看看吗?走了这么远都没碰上个人。"

"往回走吧。这附近除了植物没别的了。我记录了五十六种。"木木说。

金属相互碰撞的声音传来,越来越近,从纵横交错的植物间透出一些光亮。

"有金属正沿着小径快速移动。"木木说。

"是那个卫士吗?"术贰刚问完,那个卫士已经很近了。他在奔跑,剑上闪着红色光晕,头盔里传出闷闷的急促喘息声。铠甲反射着从植物间透过的刺眼光线,他从他们身边飞奔而过,没留下一句话。

后面其他带着武器的人追了上来,术贰抓住木木的手钻到了植物间,等他们全都匆匆跑过。

他从一个忠诚的卫士变成一个杀了人的亡命之徒,只在一念之间。

褪色深空

"他多愁善感,也许不适合做一个冷血的战士。"术贰说。

他们快速回到了城堡边上,听到里面的交谈声和少女的哭声。术贰从门缝中走了进去,英俊的男士躺在地上,穿着华丽的少女被长辈带进了城堡,她哭泣着胆怯地回头,瞟着正在被担架抬起的英俊男士。

英俊男士应该就是邻国王子,穿着整齐高贵,却毫无生机地被抬走了。石砖地面上留下了红色的印记。

"这将是一场战争,一场灾难。"一个年长的人说。

"一个浪漫的悲剧……"术贰嘟囔着。

"嘘……"年长的人示意术贰。他们快速离开了城堡,免得被王当成外来的可疑人而被逮捕。

"这里出乱子了,我们还是离开吧,现在没人会细心地给咱们介绍这里了。"木木说。

"为什么他会做出这样的决定?"术贰咬了咬下唇说。

术贰不舍地登上了白色飞船,要离开这个生机勃勃的星球。乱事总是发生,逼迫着人们一步一步挪动位置。"我们也无法停下来。"术贰说完启动了飞船。

"他为什么这么冲动,因为嫉妒就要杀死王子吗?"木木问。

"好奇怪,很久没见到有这种思想的人了。他被情感冲昏了头脑?这好难理解。"术贰说。

"难以想象,那是一种什么感觉?"

"我们离家太遥远了,以至于见不到我们所认为的正常人了。"他们感到了强烈的陌生感,似乎宇宙四周的黑暗虚空都危机四伏。

"你吃了药去睡一会儿,盖上被子,有安全感。"木木说。

褪色深空

第三十一章 / **睡个好觉**

　　卧室舱小小的,温馨而且一尘不染,术贰躺在白色的单人床上,盖上米白色的被子,很久没有体验这种放松的舒适感觉了。

　　飞船正在加速中,是木木操作的。微弱的光线照进整洁的卧室,让术贰一下子感觉到了疲惫。他吃了药,窗外的光线渐渐消失,变回让人熟悉的黑暗。

　　术贰把灯调到最暗,现在,小卧室的气氛让人安心。

　　术贰的大脑从来都很活跃,不知道睡了多久,就开始做梦了。

　　在某个星球的深夜里,术贰站在一条不宽不窄的道路上,路是用像是石头的不知道什么材质筑成的,很平坦。两边是植物和陈旧的栅栏。地上有些泥土,他仿佛能闻到那种味道。

　　远处有一座座类似灯塔一样的建筑,幽黄的光线直直地照过来,照亮了一段一段的路。虽然一个人感觉孤独,但这些都让站在路中央的术贰感到宁静。

一眼望过去,真的是一个人都没有……他缓缓地开始向前走,植物随着黑夜中的风慢慢晃动,这黑夜的魅力压过了恐惧,让他只是感到那诡异的植物很热情。幽黄的光线很温柔,头顶的深蓝天空,像是一床被子,盖住了他的世界。

走了一会儿了,周围好像没什么变化。远处是黑暗的,所以看不到路的尽头。一切都这么美好,即使是令人恐惧的黑暗,在这里也是组成美好的一部分。

术贰望着远处被照亮的地方,慢慢走着。走到路上最后一道光的边缘,他停下了,站在光线和黑暗碰撞出的那条线边,迈过它,就是黑暗……

在这条美丽的路的尽头,又有什么美丽的东西?他把手探到黑暗里,竟伸手不见五指。一切都这么真实。他认为眼前的黑暗里有些东西,于是迈过去,另一条腿跟上,他放下了探在身前的双手,一头撞上了黑暗中的那面墙。

他后退到有光的部分,捂着鼻子凝视着黑暗。这条路,已成为美丽的死路。因疼痛而不禁沁出的眼泪只是湿润了他的眼睛,而没有流出眼眶。

这是什么情绪?他心里有些疑惑。

"不甘心。"他听见身后老董的声音。术贰心里一惊,转过头去,还是那条被照亮的路,又往回走,却好像没走过这里。

这里是一座桥,桥很高,桥下是一条宽阔的大路,被照得亮

褪色深空

亮的。一些奇怪的机械沿着路飞速驶过,留下唰唰的声音。

桥的两边没有护栏,一边放着一个破旧的大沙发,有些地方破了洞。他盯着沙发,想象它的来历。

他走过去坐在了上面,很舒服,四周似乎亮堂了许多。脚下有唰唰的声音,背后是纵向的深谷。他长舒一口气,望着天空,和刚才一样,深蓝的天空好像世界的盖子,封住了顶,坐在这儿,好像全世界都是他家的客厅……

他慢慢清醒了,在昏暗的灯光下睁开眼,看到自己的枕头。贴在枕头一侧的眼角挂着泪水。他转身平躺,用宽大的衣袖擦去眼角的泪水,看着天花板缓缓眨着眼睛。

门慢慢开了一条缝,外面的光有些刺眼。木木的头抵在门上,从门缝中看了一眼,又关上了门。

躺在这儿,术贰感觉非常舒适。他坐起来。窗外只有黑色。他起床去了厕所。

"我睡了多久?"他回来问木木。

"嗯……没多久。我们停到了这个星球旁边,上面似乎有生物。"木木指着显示屏说。

术贰看了看显示屏上的分析,操作飞船自动着陆。他走向窗边,看着这个颜色丰富的星球慢慢靠近自己的飞船。

经过了轻微的颠簸,他们落在了一座小山丘上。往下走就是城市。不知道这城市里的是不是正常的人类。

术贰准备好了太空服和防身物品,还有一些食物,准备去城市里看看。

第三十二章 / **令人失望的旅行**

　　城市里的人们看起来很正常,他们用术贰感到熟悉的眼神看着他。也许是因为他穿着太空服。

　　天空是灰白的,和他家乡的天有些类似,只是白得更冷更凄惨。令人不愉快的苍白,却让术贰回忆起家乡而感到温暖。

　　恒星在地平线上不高的地方,通红而巨大,突兀地挂在那儿,慢慢下落。它和冷色调的灰白天空显得很不搭。

　　远处的建筑只剩较深的一块影子,模模糊糊的。人们忙碌地走来走去,轻轻咳嗽。

　　术贰走到街边,木木在他身后。人们都留意到了这两个奇怪的人。孩子们会指着木木喊"机器人"。

　　迷茫的术贰不知道找谁,不知道从何开口,就这样在附近转了几遍,一直到天黑。路边的灯都亮了,这里的夜晚也不黑,灯照亮了大部分的路。

一座废弃的房子在路的边缘，破烂不堪。墙上画着很多图案，有一些大的字符涂鸦。角落里坐着一个穿着普普通通的人，他看起来文质彬彬，却坐在这破旧的地方。

他喝着酒精饮料，坐在地上面无表情，看起来有些疲倦，眼神迷离。

"你好。"术贰站在不远处说。穿着普通的人笨拙地站起身来，抿着嘴看着他们俩，又转过身去欣赏那些涂鸦。

"嗯……怎么啦？"穿着普通的人说。

"我想找……"

"不知道……我也想找……"他打断了术贰而且语无伦次。

"你知道我要找什么？"术贰不解地问。

"想找啥就找吧，但是注意好界线，当然你也可以越界……"他不停地说。

"界线是什么，就是……"他走到术贰旁边说，"就是这样。"他指向地面，突然躺在地上，翻滚到了路的另一边。术贰和木木疑惑地看着他，酒精饮料洒了一地。

"没人会在这个肮脏的地面上打滚，因为这会弄……弄脏衣服，像个疯子。当然，完全可以这么做，也……轻而易举。尽量不要影响别人，不要在别人要走的路上打滚……"他带着无所谓的腔调，直直地躺在地上闭着眼说。

"那我想知道柿树是什么，越界吗？但是不知道我为什么一定要找那种东西。"术贰突然发自内心地提出疑问。

"别纠结于你为什么要找,那样会变得更复杂烦琐,对,对,对,人生就是这样,人性也是这样。思维是个闭环,是个圈,而宇宙是无限的。为了良好地融入现实,保持行动,需要构建好自己的圈,享受构成圈的每个点。"他躺在地上滔滔不绝。

术贰沉默了,他思考着这难以理解的回答。

穿着普通的人似乎躺在地上睡着了。

木木看着思考中的术贰,站在夜晚的路上思考的他,似乎和躺着的那人一样疲倦。

"享受构成圈的每个点?"术贰重复着。

他有些迷茫,望着布满低矮植物的小山丘和自己的白色飞船,脑子里乱七八糟的。

"我好累啊。我不想找了。"术贰说。

"别啊,就当出来玩了。"木木说。

"我好像将一切变得复杂烦琐了,本身是因为好奇,为了出来娱乐的,现在更像是在完成一种任务,一种工作……太难了。我没有享受这些,我离家太远了……"术贰感到一阵酸楚从腹部涌上胸腔,直到眼睛湿润,不禁叹出几口悲伤的气息。

"这里天黑了,街上都没人了。咱们别在这儿待了。多亏我现在是机器人,不然我会比你哭得更惨。"木木拉住术贰的手说。

"去干什么?"术贰问。

"继续走啊,你不想知道下一个坐标是什么吗?"木木说。

他们回到了飞船里,术贰操作飞船再次起飞。他又去吃东西了,顺便吃了药。他知道,这个药的副作用可能会让人产生抑郁情绪,所以他在尽量控制自己的情绪。

第三十三章 / **压迫感**

术贰坐回驾驶舱,看着窗外稀少的一闪而过的星光,手摆弄着木木的金属手指。

"长跑不也是这样吗,中途有一段时间是最难以坚持的。虽然我不知道有多难受,但是结束前就没那么难受了,只要坚持过去。"木木看着他说。

"嗯。"术贰仍然望着窗外,但是听进去了。

他回想起老董曾问他的话:"你这么年轻,之后有什么打算啊?"

他虽然是个内心有些敏感的少年,但是经受得住沉重的压力。

飞船停下了。随着阵阵头痛,术贰的视野里有三个球形的巨大人造物在窗外,看上去是飞船。它们的表面都有一道道粗糙的焊接痕迹,上面覆盖着某种金属的灰色。

术贰向它们发出了无线电,但迟迟没有回应。他打开热成像,清清楚楚地看到里面的人在走来走去,他们动作夸张,行为粗鲁。

术贰皱了皱眉头,问:"他们在做什么?"

"看上去并不友好。"木木说。术贰检测到另一侧有一颗体积不大的行星,他手动驾驶准备离开这儿。

术贰操作了一会儿才发现,窗外的三艘飞船与它还保持着刚才的距离,而自己的飞船已经靠近了行星。

术贰马上反应过来:"他们跟着我们!"刚说完术贰就收到了对方请求对接的申请。

"着陆吧。"术贰说。

"先别动了。他们有武器。"木木说。

一艘球体飞船慢慢靠近。术贰从仓库里翻出了一把陈旧的枪和一个破碎的头盔,穿上了太空服,让船舱停止转动,失去了重力。

"你在这儿别出去。"术贰说。

"你要做什么?"木木问。

术贰没回答,去了气闸舱。木木不知所措,用摄像设备观察着术贰。

术贰离开了自己的飞船。球体飞船停下了,像滚石一样的球形飞船就在他面前,术贰感到压力散布到全身。

那些人也出来了,他们一个个都与球体飞船连着绳索,太空服也很简陋，但看上去人手一把枪。术贰与他们就这样沉默地对视着，木木看着监控在飞速地思考。

术贰抱着破碎头盔，看着不远处倒立或横躺着的陌生人，他难以平复紧张导致的剧烈心跳。

他向一侧用力抛出头盔，头盔快速飞出去。他仔细看着对方，直到他们惊慌地朝着破碎的头盔开了火。他们舞动着四肢，东倒西歪，子弹一发也没打中。

木木死盯着监控屏幕，一动不动地看着。飞船里收到了他们无意中发出的语音：

"他不按套路出牌啊！"

"它是什么东西？"

"打打打！"

"你傻啊！别打飞船，我们要里面的东西！"

"乱套了，计划没法实施！"

他们的声音暴躁而且充满敌意。

术贰努力稳住自己颤抖的手，长舒了一口气，端起自己的枪开始瞄准。刚才的怨气和难过被紧张和恐惧冷酷地压了下去，他必须冷静。

那个破碎的头盔越飞越远，两个敌人已经转到了面向术贰的方向。

一颗子弹从术贰的身边飞过，术贰心头一紧，又马上集中注意力。他无意中已经屏住了呼吸，在寂静的太空中，开出了沉默的一枪，一个敌人被击中了。他稍稍移动了位置。可怜的敌人似乎本身就不擅长太空作战,他们的子弹像是没经过瞄准就飞出了枪管。

术贰就这样像机器一样慢慢移动,敌人一个个被击中。即使没有击中要害,漏气的太空服也让他们无法控制自己,瞬间丧失作战能力。

术贰已经无法再抑制自己的紧张了,他快速移动到了舱门口,无声的战斗让太空显得更加冷酷与险恶。

就在他打开气闸舱门时,木木正抓着舱门口的把手。

"告诉你了,别出来!"只有术贰自己能听见这喊声。太空隔断了他们的交流。

另两艘飞船正在靠近,木木朝他伸出手,术贰刚一抓住,身边就擦过一颗子弹,把他吓得一哆嗦。木木迅速把他拽了进来,关闭了舱门。

两艘飞船在慢慢靠近,术贰手忙脚乱地回到了驾驶舱,连太空服都没脱。

太空外还留着两个敌人,一个用喷气背包回到了他的飞船,另一个在惊慌失措地摆弄绳索把自己慢慢往回拽。

飞船开始旋转,重力恢复。

"你还好吗?着陆的话他们会开火的。加速吧!"木木说。术贰急促地脱下头盔,他的脸和嘴唇闷得红红的,发际线上有一道汗水。

他果断地拍下了加速。木木突然转身从地上捡起药盒,取出了一粒药塞到术贰嘴里。

"头会很痛的！"木木说。

"没事儿的，没事儿的。"他深呼吸，坐在了驾驶座上。飞船甩掉了那些充满敌意的人。行程已经过了一大半，还有一段距离，术贰恨不得一眨眼就到那所谓的地球，可是不得不遵守生存的规则，只能一点点来。

他闭上眼，用手揉了揉，复杂的思绪让他越发疲惫，感到眼皮很沉重。但是术贰仍然透着一丝活泼气息，只是多了一点冷静和孤独。

明明身边有人陪伴，他自己也在思考这孤独感从何而来，似乎是无尽的黑暗宇宙里游荡着渺小的包着薄薄外壳的人。

宇宙对他来说太大了，即使行程中每一个人造坐标都有奇奇怪怪的人，甚至他身边就有一个他愿意信任的人，他仍感觉，一切都那么不真实，像是自导自演的话剧。

到底有没有柿树，似乎没那么重要。他心里慢慢地承认了，淳兮说得是对的。

他寻找的一直是现实，而人类简单的头脑只能把某个东西当作现实的符号，这只是冰山一角，剩下的是术贰的人类感官永远无法认识的东西，所以他出来流浪，找那棵奇怪的柿树。

术贰睁开眼，温和的阳光从窗外照进来，温度的变化让他打了个寒战。新的环境还是一颗适宜居住的行星，和以前见到的没什么两样。

从太空中看，恒星的光芒照亮了黑暗宇宙中这颗巨大的行星，它周围是温和的暖白色，使它看起来像个精致的小瓷珠。

术贰平静地看着它，即使对风景已经产生审美疲劳了，但舒适的感觉还是让他感到放松。光芒照亮飞船内部，他关上了灯，白色的墙反射着匀称的淡黄色光线。在巨大的黑暗的压抑空间中，这小小的方盒子形的敞亮空间幸存着。窗外的"小瓷珠"却因它的巨大，在术贰心里慢慢产生了压迫感。

　　他又闭上了眼睛，轻咬了下唇，手心已经出汗了。

　　飞船着陆在了那颗星球上，舱外的气流非常强，术贰操作飞船中轴扎进沙石地里。快速飞过的扬沙遮住了视线，在看不见外面的情况下，船舱里显得十分狭窄昏暗。总能听见沙石碰撞飞船外壁的声音。

　　飞船检测到周围有大量金属。术贰穿上了太空服，准备出舱看看附近有什么新鲜的东西。

　　"外面风太大了，你在飞船里等着。"术贰对木木说。

　　"别啊，一个人太危险了。"木木说。

　　他刚准备出舱，就瞥见窗子那儿有东西，一个披着斗篷、戴着兜帽的人在外面，面对着窗口。他戴着防风沙的面具，兜帽在大风中快速抖动，似乎在观察术贰飞船的内部。

　　舱门被术贰打开了，巨大的气流携带着大量的沙粒吹进气闸舱。术贰被强烈的气流吹得后退两步。

　　"你听话，回去，你会进沙子的。"术贰打开扬声器说。

　　"那你别乱跑，一会儿就回来。"木木叮嘱道。

　　他出舱后快速关闭了舱门。术贰费力地迈着步子，扶着飞船外壁，走到了披斗篷的人旁边。

"你好!"术贰说。

"你的飞船不错啊!"他喊道。

"谢谢,这附近有什么?"术贰问。

"一些巨大的飞船废旧零件。这里的人都没有住处,我们在外流浪,因为只要你盖房子,过不了多久就被埋没了。"他始终保持着大嗓门,以便在大风中交流,"不过我们这里的飞船科技水平较高,来看看吧!"

披斗篷的人看着手腕上的定位,带着术贰顶着大风走。术贰回头看了一眼自己的飞船。

第三十四章 / **惰性带来的假象**

术贰的定位仪器上显示他走的距离并不长,但因为大风,他感觉这段行程费力又漫长。

披斗篷的人带术贰来到了他的小房车边。它是用金属板制成的,四角有大的机械臂支撑在地面上,能在大风中提供更强的稳定性,沙石已经没过半个轮子了。

他们走进小车里,各种仪器和零件堆在里面,空间拥挤而狭窄。

"我们稍微移动一下,不然一会儿走不动了。"披斗篷的人操作着机械说。机械开始轰鸣,吃力地移动了一小段路后停下了。

"这里的气流活动什么时候会减缓?"术贰问。

"从我懂事到现在,这里一直就这样。"披斗篷的人回答。

"你有这么多高科技,可以造个飞船,找个安逸的地方。"术贰说。

"我小时候就这么想过,后来只收集到了这些东西,卖出去……就能维持我的生计。造飞船有点……"他思考了一会儿,说,"这么说吧,如果让你回到以前劝自己,你的梦想太遥远,又没必要,你愿意放弃吗?"

术贰沉默了,这个问题也困扰着他。

"这里有磁场增强的模块,我看你的飞船有一些撞击的痕迹,装上这个可以减少一些子弹之类的金属撞击损伤。而且你的飞船中轴和船舱是电磁固定的,装了它会更稳定。"对方打破了冷场说。

术贰觉得那应该会很有用,他掏了自己的背包发现并没带什么有价值的东西。

"武器或电池……食物也行。"披斗篷的人开了价。

"我去取一些东西过来。"术贰说。

披斗篷的人让术贰在定位器里链接了小房车,说:"我每隔一段时间会移动一段距离,所以快去快回。"

术贰又回到了大风沙中,向自己飞船的方向艰难迈步。感觉又走了漫长的距离,舱门已经被沙子埋没了一小部分。他打开了舱门,沙石散落到气闸舱里。

术贰取了一些食物,翻出了一些对自己来说没用的零件。气闸舱的舱门警报提示出现了关闭故障,外舱门压住了一些散落的沙石。

褪色深空

术贰打开了外舱门,给舱内的木木发信息,让她不要打开气闸舱,驾驶飞船用中轴的磁力把船舱抬高。

凶猛的风沙敲打着术贰的太空服面罩,他只能听见模糊的风声、沙石粒敲打面罩的声音,还有自己的呼吸声。

船舱缓缓离开沙石地面,术贰扶住旁边的把手,大风和飞船的活动让他无法站稳。

他吃力地简单清理了舱门口的沙石,正常关闭了外舱门。他看了看定位器,披斗篷的人的小店比之前远了一些。再次起飞太耗费资源了。

术贰靠在墙上,惰性使他犹豫。他思考着:"太远了,要不……不买了吧……"

犹豫了一会儿,让飞船船舱下降了一些,他背着身子吃力地从高于地面一截的舱门下到沙石地面上。

他又顶着大风向披斗篷的人的小店走去。

风沙使他什么都看不见,头盔里传来语音:"快点回来。"温柔的电子音很简短,随后变回了风沙撞击头盔的声音。

术贰在大风中行进,深吸了一口气,在沙石中一脚深一脚浅。他频繁地看定位器,不是为了确认方向,而是不相信自己只走了并不遥远的一段路。

这颗远看精致、温柔的星球,现在正在考验他的耐力。他的肌肉酸痛,厚厚的手套里已经出了汗。这段漫长的时间里,在除了沙子,看不见其他任何东西的情况下,他回忆起了那个恐怖的巨兽。

虽然是梦境,可他的心跳还是加快了。

终于看到那辆小车了。

"既然我要买,你为什么不往我的方向调整车子?"术贰一手扶着膝盖,一手卸下背包说。

"哈哈,我不知道你的位置。真是辛苦了!"披斗篷的人说。他喜欢术贰带来的东西,于是爽快地成交了。

术贰把买来的宝贝放进了背包。

"再见!"他说。

"再想想那个问题,别跟我一样。再见!"披斗篷的人说,兜帽下的眼神带着一丝悔意。

术贰往飞船走,又想到那个问题。

第三十五章　/　**老人**

回去的路上经过了一番胡思乱想,术贰决定了,他仍然坚持要找到那个令人好奇的植物。

"我买了升级飞船的零件,还挺沉的。"术贰边清理太空服边说。

"这里都是沙子,先起飞吧。这些沙子够清理一阵子了。"木木操作飞船升到太空,又跑回气闸舱。

"我收拾,你去把那个机器装上吧。"木木从地上拽起太空服的袖子说。

术贰出舱工作,两个人都忙活了好一会儿,再次脱下太空服时,术贰已经非常疲倦了。他吃了药,去休息了。木木加速了飞船,并看了看显示器上术贰的身体状况。

回到了安静的船舱内,路途的大部分时间,都是在这熟悉的安静之中度过的。术贰在休息,飞船没有开灯。木木早已经失去了对黑暗的本能性恐惧。

安静,黑暗此时的用途,可能只是用来享受罢了。

木木的身体不会对情绪做出反应,所以冥想之时,她只是静静地坐着,而没有得到深呼吸带来的放松感。

飞船停在了一个小星球上空,这里委实是一个温和而适宜居住的地方。

木木驾驶飞船降落了。术贰还没有醒来。天气很晴朗,在恒星温暖的光线下,小方块船舱里恢复了之前的温馨和可爱。

外面有长得刚刚好的植物,不远处的水岸边,有个浅蓝色的小房子。现在是清晨。

恒星升到了半空,术贰醒来了,他浑身酸痛,摇摇晃晃地去洗漱了。

"外面看起来好好啊。"木木说。

术贰洗漱后站在驾驶座旁边揉眼睛。"走,出去看看。"他说。

他们出舱了,恒星的光使这里明亮又温暖,照在不远处浅蓝色的用不明材料制成的小房子上,地上布满了低矮柔软的植物。

"那里会有人吗?"术贰问。

"应该有。"木木说。

"拜访一下。"术贰穿着有些旧的白色太空服,朝小房子走去。

他们绕着小房子转了半圈,一个老人坐在门口的椅子上,他在享受无聊的时光。

"你好。"术贰说。

"嗯,你好。坐在这儿可舒服了。"老人指了指旁边的椅子示意他们坐。

他们坐在了老人身边,谁也没说话,只是享受着老人说的那种感受。

"我在这儿生活了大半辈子了,这里的生活很精彩,不过现在只剩下你们眼前的这些了。"老人说。

"现在不也挺好的吗?"术贰说。

"现在剩下了安逸,其他的……还有孤独和思念。"老人闭上眼,调整了一下坐姿说,"回忆总是让人兴奋,可是回忆到某个地方时,就会突然发觉都已经过去了。有时甚至会怀念那些令人不愉快的事。"

"这里只有你一个人吗?"术贰问。

"嗯。以前还有我的妻子。我们没有孩子,她走了很久了。我自己成老人了,回首也想不起多少事了。就仿佛一瞬间,什么都没了。"老人很平静地说,"思念的感觉,你们估计也知道。还有,自己很快也会消失啦。坐在这儿挺舒服的。"他闭着眼微笑。

"这么长时间了,那……如果你认为你的梦想遥不可及又没有必要,你愿意回去告诉自己吗?"术贰问。

老人睁开眼思考了一会儿说:"你想实现梦想吗?梦想实现了就是另一个境界了,虽然有可能造成损失……"他又想了一会儿,"坚持越久,付出越多,放弃的时候愧疚感越大。"

"嗯。"术贰望着地面发呆。

"你有的是时间，要是不做点什么，到了我这个年纪就太煎熬了。"老人笑着说。他瞥了一眼门口窗台上的相框，里面装着两个小人儿。

"嗯……这里有没有叫柿树的植物?"术贰问。

"不知道，这儿植物不少，但是我也不知道它们叫什么，我还真没想过给植物起名字……"老人说。

术贰欣慰地笑了笑，他喜欢老人的心态，抹去了不久前他心里阴霾似的障碍，这里有没有他想要的柿树似乎没那么重要了。

术贰起身打算离开了，老人又眯起眼仔细打量了一遍这两个年轻人。

"气球脱离了你的手飞向天空的那一刻，还能剩下什么?"老人问。

"无助和迷茫。"术贰说。老人的感受得到了回应，于是他慢慢点了点头，闭上眼躺回到椅子上。在微微的风声中，术贰站在小屋边望着快要落下的恒星的方向，它的暖光照在术贰的脸上和木木的金属表面上。

夕阳斜射的光线使这里的东西拥有一半的光明和一半的阴影，黄昏的这种角度的光线正好很美丽，但是同一切美好的东西一样，它也让人觉得无比短暂。

天慢慢暗了，周围都变暗淡了，要仔细看才能看清。飞船采集了足够的能源，术贰和木木回了飞船。

他们去往下一个未知的地方。

第三十六章 / **野蛮**

"还有多远?"木木站在驾驶座边问。

"已经不远了,不过也足够漫长。"术贰说。他看着显示屏皱了皱眉,一股再熟悉不过的情绪涌了上来,让他坐立不安。

全程已经过了大部分,离目的地越来越近,焦虑也由此而来。术贰莫名其妙地希望能再晚一点到达,似乎目的地在排斥术贰。

飞船降落到一个荒芜的星球。在荒芜的表面下,能扫描到面积庞大的金属。那是地下城,人们都生活在那里,因为地表荒芜又寒冷。

地表有很多入口,都有人看守。术贰让木木在飞船里等着,他穿上太空服,带上必需的装备,向着一个入口走去。

门卫全副武装,裹得严严实实,但也不难看出,穿着奇怪服装的术贰向他慢慢走来时他很紧张。

"你是来做什么的?"门卫喊。

"我……来做交易。"术贰说。门卫仔细观察着术贰,用枪指着术贰,搜查了术贰的背包,发现他没有武器。门卫松了一口气。

"你要去地下?"门卫问。

"嗯。"

"呵,可以,但我们不保证你的安全。好心提示你,里面很乱。"门卫打开了大门。术贰看了一会儿门卫,走进了大门。

这个地下城虽然宽敞,但是破旧不堪。这里的人们也散发着不友好的气息。他们眼神邪恶,盯着穿着白色太空服的术贰。

一个脸上画着奇怪的花纹、痞里痞气的人走到术贰面前,他说:"衣服不错嘛,你哪儿来的?"边说边敲了敲术贰的透明面罩。

术贰很冷静,刚要说话,就被远处的喊叫和奔跑声吸引了注意力。人们都看向声音传来的方向。一个长头发的人在奔跑,看起来像个女孩儿,个子不高,身后追着一群人。

术贰身边的人们看见那些高大强壮的追兵,都拔腿就跑。术贰环顾四周,躲到了有一个半透明窗子的阴暗房间里。那些追兵跑了过来,女孩儿跑进了术贰隔壁的房间。一个高大的追兵跟了进去,术贰透过半透明的窗子看着他们。

女孩儿突然转身面对高大的追兵,一声骇人的尖叫后,女孩儿双臂上的奇怪装置突然展开,变成两个大爪,粉碎了高大的追

褪色深空

兵,术贰被这一景象惊呆了。

高大的追兵一个个拥入术贰隔壁的房间,一个个倒在地上。最后安静了下来,女孩儿朝着术贰所在的房间走来,推开了门,在昏暗的灯光下,术贰瞪着大眼看着"她"出现在灯光下。原来根本不是什么女孩儿,他满脸皱纹,身材矮小,也辨别不出性别,但能看出他的身体有很多地方被简单地改造过。

这个"怪物"看着术贰沉默不语,并不像他杀掉那些高大的追兵时那样毫不犹豫。

"带我去你的飞船。"他用电子音说。术贰犹豫了。

"我不会伤害你的船员,你把我带到我要去的地方,你会安全的。"那种电子音刺耳又生硬。术贰慢慢迈开步子朝着大门走去,时不时回头看那个"怪物"。

术贰悄悄给木木发了信息,让木木躲起来,木木迟迟没有回应。术贰一下子紧张起来,他回头看了一眼跟在身后的那个改造人。

"别紧张,没事儿的。"

术贰加快了步伐,对身后的改造人的恐惧感被抛之脑后,赶向了自己的飞船。他们登上了飞船,来不及卸装备,直接来到了驾驶舱。木木站在驾驶座边,身边站着两个瘦高白皙的人。他们端着术贰从没见过的枪,穿着蓝色的露腰制服。原本跟在术贰身后的改造人不知所终。

"去我们给你的坐标。你们会安全的。"端枪的人说。

术贰照做了,坐标离这里并不远,那里有一座巨大的建筑,他们接纳了飞船。建筑里面有密密麻麻各种各样的改造人。术贰和木木路过一个人来人往的走廊,穿着蓝色制服的人有很多,他们被叫作"冥想者"。他们给了术贰和木木跟他们同样的枪,并告诉术贰和木木枪的使用方法。

"你们要干什么? 我们不能走吗?"术贰问。

"不能走,不伤害你总是有原因的。想活命就听我们的指示。"一个冥想者说。

术贰和木木走进一个宽阔的场地,密密麻麻的人跟在身后,都来到了这个场地。

术贰意识到这里很危险,他端着枪站在木木身前。这儿有很多监视器,监控面积覆盖着整个场地,身后的人群拥了上来。

令他惊讶的是,在这些人里,有一些人的制服是白色的长袍,和术贰身上的这件不合身的宽大长袍一模一样。

他穿的这件是老董给他的,这是老董年轻时的部队的制服。

"他们怎么会在这里? 一定是把我认错了才把我带过来的。这是一场战争!"术贰在吵闹的人群中对木木喊。

各种人都毫不犹豫地冲进场地,他们都没有恐惧感,因为他们生来就是为了战斗的。

对面出现了一些穿着大褂的人和穿着橙色制服的人,一瞬间,闪光的子弹遍布整个场地。

一个穿大褂的人架起机枪对着一个冥想者扫射,这时术贰才知道为什么他们被称为冥想者。冥想者面对机枪的扫射并没有撤退,只是直视着敌人一动不动地思考,对面的扫射没有一枪

褪色深空

打中冥想者。

冥想者突然开火，只开了一枪就转身跑进了人群之中。散发着蓝色光线的子弹飞进敌人进来的走廊，在走廊的墙壁之间来回弹射。

面对冥想者的子弹，有的人站在原地不敢动，有的人连连后退。会不会被冥想者击中不取决于对方躲避得是否及时，只取决于对方是不是冥想者的目标。

子弹来回弹射最终击中一个年轻战士的胸腔正中央，一切似乎都已经被计算好，他一下子化为液体一样的物质，然后消失了。

术贰趁乱拉着木木跑进走廊。

"他们为战争而活，我们不属于这场战争！"术贰喊。

他听见远处的一个声音喊："你和你爷爷一样！逃兵！你应该和你爸爸一样，死在这儿才是你的意义！"术贰心头一颤，他回头看向声音传来的地方，一个穿着和自己一样衣服的人高举着枪朝他喊。一眨眼的工夫，他已经被敌人击倒在地了。

术贰心跳剧烈，他们顺着走廊跑，看到了一个头是正常的人头，但是浑身长满毛发的人躺在走廊边上，看样子是受伤了。迎面来了一个冥想者，在昏暗的走廊里，瘦高白皙的他走到了灯下，看向地上躺着的那个浑身长满毛发的人。

冥想者收起武器，扶起那个人，对术贰说："想离开这儿就跟我来，乱走是回不到你们的飞船的。"

冥想者带着他们来到了一个交通工具里，里面还有一个孩子。

"这场战争是由纯血统人类和进化人之间的矛盾引发的，他们要在这个竞技场决胜负。"

"我为什么要被拉进来?"术贰问,他的情绪还没平复下来。

"你什么都不知道,你和你爸爸,还有你爷爷一样,是强化过大脑稳定性的种族。你爸爸在一场战争中牺牲了,就因为这个,董将军带着你逃跑了。他带有优质的基因,受过正规的训练,但是他还是如此不理性,竟然因为'亲情'这种原始的思想背叛存在的意义……"

"你才什么都不知道!"术贰打断了他的话。

"当时你还是婴儿,你知道什么? 纯血统人类数目庞大,不管我们多强,这场战斗都会持续很久。"

"以前的人类……呵,已经失去了存在的意义,他们拒绝智慧,哪里有他们,哪里就有战争,在满足温饱后就挥霍,把卑鄙的捏造成道德的。他们不会继续发展了。"冥想者不屑地摇了摇头说。

他们来到了一个卖食物的地方,冥想者给孩子买了吃的,没走多远,迎面走来的一个陌生人一把夺走了孩子的食物。满身毛发的人毫不犹豫地转身追上了那个陌生人,一拳打在他的脸上,可陌生人看起来一点也不疼,竟然继续走着。

满身毛发的人一怒之下踢出强壮的腿,不像是受了伤的人。陌生人动作敏捷,半蹲下来,转身甩出了一把刀。刀飞向了孩子,那腿一下子踢到了陌生人的头上。

只是一瞬间,孩子就悄无声息地倒下了,陌生人的脖子被踢断了。冥想者冲着术贰喊:"快离开这儿!"他指着术贰的飞船。

术贰没有思考的余地,木木拉着他转身跑向了飞船。他们匆忙地操作飞船升到了半空。冥想者哈着腰扎入拥挤的人群中。

"这……"术贰双手抱头,脸色发白。他说不出话来,咬了咬下唇。

"这里太乱了。"木木说。

"纯血统人类……是地球人吗?"术贰站在窗前小声地问,"我不是人类吗……"

"别想了,贰,去睡觉。"木木说。她启动了飞船,再次进入无边的黑暗宇宙中。

术贰坐在自己的床上,望着越来越暗淡的光。那种并不温柔的光,却总让人觉得不舍,或是心不能平静。

"你有没有想过,就现在找一个无忧无虑的地方,摆脱所有束缚,那时即使是坐在荒芜的星球上……或在那里舞蹈?"老董的话在术贰的耳畔回响,模模糊糊的。

他感受到了,那颗灰白色的荒芜星球上存在的一把高脚凳和一台老式的电视,他甚至想把那简陋的太空服与坏情绪一同抛弃,在那里舞蹈……

"坚持越久,付出越多,放弃的时候愧疚感越大。"术贰也想放松一下,可是,找到那棵柿树,对他来说是多么伟大的事,在老人逝去的那一刻,这个不会表达情绪的男孩儿假装坚强,因此甘愿付出代价。

船舱里没开灯,光逐渐散尽。每次当他欲享受黑暗的宁静,深呼吸时,还是会被原始的恐惧无情地拽回来,打开那刺眼的灯。

空间跳跃每一次都令他头疼,驱使他承受这些的当然不只是好奇心,还有渺茫的希望。

没人明白,甚至是木木,渺小到连汪洋中的一粒沙都比不上的术贰,在黑暗中漫步时,早已经变了心。他寻找的早已不是一棵植物,而是淳兮口中的现实,他不希望自己爱着不存在的东西,回忆着不存在的家乡,回归野蛮。

"为什么一定要找到那东西?"木木看术贰不打算休息,扒着门缝问术贰。

"我……那能证明一切都还在,一切都还在,你和我相差无法测量的时间长度,那时的你还在……"

木木沉默了。在她被埋葬在一棵奇怪的植物下后,意识被投到了遥远的地方。

漫长的时间使她变成了另一个人,一个机器人,于是遇见了术贰。

一道闪光打破了沉默中的对视,飞船到达了下一个坐标。

第三十七章 / **简简单单**

术贰的头隐隐作痛,口干舌燥。他望着依旧幽暗的窗外,不禁深呼吸。

"离家越远,这里的人和事就越不正常……我不能否定他们的做法,但也不好接受。"术贰说。

"这样不是更有利于你感受真理吗?"木木开玩笑说。

术贰微微地笑。

"人们都爱宅在一个地方,每次出发的时候我也害怕……不得不走。"术贰缓慢地说。

他们来到一个小城镇上空,地表的绿化很好,植物茂盛但不杂乱,也不需要修剪。

在那片干净的土地上,零星坐落着几栋小房子。旁边的路旧了,但还干净。一栋房子离其他的房子较远,看起来孤零零的,安稳地处在那些可爱的植物之中。让术贰沉默的,不只是它的孤零零,还有它的白色墙壁。建筑的材料和结构都很原始,令术贰感到莫名熟悉。

这里的居民都在一边看术贰的飞船一边做自己的事情,脸上透露着令人安心的无知。

金色的恒星光线耀眼而美丽,把植物照出了家乡没有的绿色。居民们有的在晒衣服,有的在照看饲养的动物,安逸中飞船降落的噪声显得有些不礼貌。

小孩子蹲在地上对着飞船招手,被他的家长拽走了。安逸的气氛没有让术贰放松下来,他仍然焦虑,在知道自己是选择了进化的人类后,开始怀疑自己的感官,他害怕永远找不到那棵柿树,他的视野如此灰暗,以至于美景很少打动他。

他下了飞船,太空服的颜色在植物和白房子中显得和谐但又不同,有一种回家的感觉。

"你好……哦……你知道柿树吗?"术贰向路人提问。

"嗯?"路人小心地看了一眼透明面罩下少年的脸,皱了皱眉就走开了。

术贰尴尬地站在路中央左顾右盼。

小孩儿换了个地方蹲着,不时抬起头用好奇的眼光看术贰和木木,然后又低下头戳小虫子。迷路的小虫子爬来爬去,被突如其来的巨大手指弹飞,躺在新的土地上蜷了蜷身子。

"我不知道是怎么一回事,甚至不知道怎么就结束了。"术贰望着远处说。

他看向小孩儿,看到小孩儿时不时抬起的眼,眼中透着简单和无知,让术贰想上前询问却不敢靠近,他怕把孩子吓哭了。

于是术贰只好站在原地大声说:"你知道柿树吗?"小孩子指向不远处的山丘,那里看上去什么也没有。然后他的家长把他拽进了屋子。

术贰望向光秃秃的山丘,虽然不抱希望,但反正离这儿不远,他就打算去转一圈。山丘上阴凉,光稀疏地照进来,有很多铺好的路。他一直走到腿酸。在一条野路的尽头摆着一些机械废料,不像是这里的居民用得到的。

术贰走过去翻了翻,是一些虽然旧但并没有报废的飞船零件,又翻出了一张让术贰心里一颤的照片。

照片背面写着:"一场实验,一次游戏,我应该是常量,但我爱上了变量,于是打破了规则。"

照片上是带着可爱灿烂笑容的淳兮。

"需要我解释不?"木木小声说。术贰早就知道了整个实验,还是点了点头。

"我的生命是无限轮回的,我不确定淳兮在时间线上是以前的我,还是未来的我,我存在的意义是引导你为生命得出结论,但是因为你,我动摇了。"

紫色生物的实验已经改变了方向,但没有停止。术贰身处自然规律的发展过程中,他的变化都遵循着现实规律。一切都在继续,就是如此简单。

正如向日葵爱上了月亮,混乱,也在某种规律之中。

术贰的焦虑情绪渐渐平和下来，在渺小和压迫之中他感受到的却是稳定和安全感，在探求规律时，他找到了方向，不再是迷路的小虫子了。

他的心境回归简单。

第三十八章 / **侵略者**

术贰拍了拍木木的金属脑袋，把照片装进了背包。

"走吧，这里光秃秃的……"术贰说。木木在零件中翻出了一些有用的，带回了飞船。

术贰不禁笑了，旅行、实验，一切多么值得怀念。背向恒星，背向不知是否存在的白房子，下一站不知道是什么地方。

飞船再次起飞，升入空虚的黑暗，黑暗原本是那么宁静、稳定。黑暗被白色飞船的反光侵染，光入侵了黑暗，打破了宁静和安稳，微弱的光贪婪地射向四方。

术贰喜欢待在无垠的太空中，却矛盾地爱着光。它照亮了他所爱的一切，又无情地剥夺了他的部分感官。

术贰坐在驾驶座上，拿着那张照片，嘴角带着微笑，眼角挂着泪水。

木木坐在窗边,望着外面的星球发呆。

"你不打算多找几个小伙伴、船员一起吗？那样会不会热闹点?"木木问。

术贰心头一颤,这个点子让他非常渴望,可又很畏惧。他想象着飞船里多几个人的场面,感觉一定会很尴尬。他缓缓地摇了摇头。

孤独塑造了他,让他带着无法适应的恐惧去面对那扇白色大门。

距离旅行的目的地还剩二十多次的空间跳跃。

他们来到一个新的星系边缘,除了飞船,一切都被异域的气氛笼罩着。

这个星系更明亮,放肆奔跑了数万亿单位距离的光线被术贰无神的眼睛察觉,一个巨大的黑洞控制着秩序。这里很不稳定,到处都在塌缩。术贰的目的地应该就在这个星系。

飞船环绕着一颗富饶的星球。自他旅行以来,这样的星球不是第一次见了,在背光的一面有大面积的人造光,这一定是个繁华的地方。

远离黑洞时,复杂的引力使飞船稍稍偏移了坐标。术贰皱了皱眉头,驾驶飞船靠近了这颗富饶的星球。

这颗星球环绕的恒星比术贰曾经见过的更巨大、更耀眼,强烈的白光包裹着星球的一半。飞船的窗户启动了滤光系统,那光线好像会吸附在一切直面它的事物上,吸附在迷恋它的人的脸上,让他宁愿屏住呼吸也要面对,就像面对那扇白色大门和其后的立方体。

当那颗星球从窗口上方缓缓降下，出现在术贰的视野里时，他才缓过神，驾驶飞船准备登陆这颗星球。

飞船逐渐接近星球，已经可以看到这里有许久未见的城市。

术贰紧张起来，木木已经习惯了他多变的情绪和心跳频率，并没有叮嘱什么。飞船的下降控制得很稳定，但不免还有些颠簸。

颠簸，术贰再熟悉不过了，令他紧张的是密密麻麻的建筑和人群，他出汗的手点花了控制面板。他驾驶飞船在城市上方移动，寻找宽阔的着陆点。

纵横交错的街道上，人们宁愿抬着头面朝刺眼的光，也想看清楚天上那个奇怪的几何体。

他找到了一片布满低矮植物的地，四周被围栏和房子包围，整齐而宽阔。他降落在了这里。

落地后才发现，房子边上有个人正用手遮着光看着这边。术贰反应过来，他可能是这片土地的主人。飞船压倒了一部分原本平整的植物。穿着豪华的主人正叉着腰眯着眼望着这里。

另一侧的栅栏边慢慢聚集了人群。术贰壮着胆子走出了舱门，直面这片土地的主人。主人放下了举在头顶遮光的那只手，低头看了看脚下，然后慢慢朝术贰走来。

术贰站在舱门口看着主人越来越近，看着他疑惑又无知的表情，努力调整好了情绪。

主人停在了他面前不远处，与术贰沉默对视。

木木留在了飞船里。

舱门外,主人开口了。"你……是外星人吗?"他用恭敬的语气问。

"嗯……对不起,我是不是压坏了您的院子……"术贰说。

主人笑了:"那倒没关系,你真是外星人? 你还能……说话!"

主人带着冷冰冰的笑容,瞟了一眼对面栅栏外用各种设备拍摄的人群说:"来来来,进屋聊。"

术贰和他来到了屋里,屋里豪华而宽敞,一台大电视里播放着有关飞行物的新闻。

"快坐,小伙子,你从哪儿来的?"

"很远很远的地方……"术贰犹豫了一会儿回答。术贰刚坐下,另一边就传来了敲门声。

主人转头走向了雕刻精致的大门,他转身后,术贰才仔细打量了四周。那个主人穿着整洁的毛大衣,上面有亮闪闪的图案和标志,鞋也是亮闪闪的,裤子像是用某种生物的皮制成的。从头到脚的服饰都如此夸张,可他却面黄肌瘦。

远处的桌子上摆着没收拾干净的食物,看起来他吃得并不好,食物加工得很粗糙。

主人站在被敲得响个不停的那扇门前,叫术贰过去。术贰听了他的话走到了门前,主人笑着看了看他,突然打开了大门,胳膊搭在术贰的肩膀上,强光让术贰眯起了眼睛。他带着术贰向着门外拥挤的、正在拍摄的人群走了过去。走到了人群前,主人神气地说:"这是我的外星人朋友!"

术贰满脸疑惑,不理解他行为的意义,看着那个面黄肌瘦的主人得意地冲着人群笑。人们争着挤到前面,一同忍受着强光。直到人们越来越疯狂,拥上来把他们俩挤散了。主人慌张起来,想找到术贰,却叫不上名字。

这里的人都穿得有模有样,但都面色暗黄。

术贰灵活地钻过人群,趁乱跑到了路的拐角。他环顾四周的植物,都是一个样子,都被修剪得整整齐齐。

建筑物上的巨大显示屏上播放着服装广告,模特穿着和自己很像的衣服,被称为"外星人新风"。正在他熟悉这里环境时,那些人发现了术贰,再次像浪一样涌上来。

术贰扭头就跑,他要木木将飞船升到空中。他一边跑一边回头看飞船的方向,直到飞船升到空中。

白色的几何体被光照得耀眼,显得无比纯洁。人们都暂缓了脚步再次抬起头,被光晃花了眼。他们似乎领悟到了新的时尚,一时忘记了举起手中的摄影设备。

术贰转过身看着空中自己的飞船,他从未以这个视角仔细欣赏过它。他就这样望着它,不时瞟一眼慢慢停下的人群,倒退着步子,不小心撞到了身后的路人。

他吓了一跳,说:"哦,对不起。"然后转过头来,看到身后的路人穿着参照他的衣服设计的新品。

路人目不转睛地看着飞船说:"谁教你倒着走路的! 看你穿着不上档次的衣服,还模仿外星人新风,别打扰我!"术贰不解地笑了笑。

他从无所事事的人群中穿过,穿过每一条复杂而陌生的街道,越来越多的路人追随新的流行样式。

"别碰我,这可是限量版!别弄脏了!"

"那算啥,你有我有钱吗……"拥挤的人群中不断传来抱怨和争吵声。这里似乎没有术贰想要的,不过一切都很有意思的样子。

"我好饿!"穿着光鲜亮丽的小孩子喊,却猛然被他的家长捂住了嘴,然后就得到了眼神上的斥责。

术贰试图了解这里的所有信息,以至忘了为什么在这里游走。

"你没事儿吧?"耳机里传来木木的声音。

"哦,没事儿,我找个地方上飞船。"术贰扫视着高高矮矮的建筑,偷偷溜进一座高楼,一直上到了高楼的天台。木木驾驶飞船来到了这座高楼的上空,打开了舱门。术贰跳上飞船。天台上突然拥出很多人,疯狂地向着飞船跑来。

术贰心头一颤,手忙脚乱地关闭舱门,喊:"快快快,起飞!"

第三十九章 / 如戏

伴随着一阵噪声，飞船升了起来，舱门快速关闭。

有的人疯狂地朝着飞船纵身一跃，没碰到飞船，在空中挣扎喊叫着坠下。

术贰傻了眼："怎么会这样？"

"怎么会这样？"木木与术贰不约而同地说道。

"我以为他们……我一开始还觉得他们挺有意思的。"术贰说。

"为什么这么极端？"木木感叹道。

术贰长舒了一口气，回到了驾驶座，沉默着驾驶飞船离开了这里。

他没再从窗口望向下面，直到飞船驶离这个看起来繁华的星球，回到深沉的黑暗太空，逃离被侵略者——光所占领的地方。

在太空中,他忍不住又望了一眼窗外的那颗星球,和第一次的感受不太一样了,他看到的是荒谬和颓废。

他脑袋空空的,启动了空间跳跃。

老董还活着的时候,光线一直都那么温柔。

而现在它无情地驱赶着供术贰藏匿的阴影。

"每天都应该难过吗?每天都有人离开。振作起来。"木木说。

飞船里有一丝潮湿的气味,术贰捏了捏自己的脸,有了困意。

他过人的大脑能支持他长时间活动,但正因如此,他要面对更多奇奇怪怪的事情。

他稍微休息了一会儿,飞船静止在一个巨大的空间站附近,显示器上连线了空间站内的通话。

"这里是818太空看守所,请说明身份。"对面传来严肃的电子音。

"旅行者,没有大型武器,暂时休息。"飞船以标准格式自动回答了对方的问题。

术贰迷迷糊糊坐在驾驶座上,疲倦地发着呆。过了一会儿,对方才允许对接。

"咱们等差不多了就赶快走。"木木说。

"嗯。"术贰去了舱门口。开门以后,有一个强壮的看守迎接他们。"欢迎来参观,但不欢迎你进来。"看守开玩笑说。

褪色深空

他们对术贰做了扫描检查,没有发现异常后,就带着术贰参观了。

到处都是监控,穿着制服的人们都被关在金属门里,每间屋子都有一面看起来很结实的大玻璃,屋里的情况能从外面看得很清楚。有人向外望,有人安静地坐在自己的屋子里。

当越来越多的人注意到术贰时,气氛就变得冷起来。

跟在他身后的看守一直在自言自语。

这样的气氛一直持续到一个面无表情的人与术贰对视。那人与其说是面无表情,倒更像是有着带刺的极寒目光。

"停下!你们站住!"关在那间屋里的一脸冷酷的人突然喊道。他的话尴尬而生硬,严肃中有一丝滑稽。

术贰面带僵硬的微笑看着他,脸控制不住地颤抖了一下。对视了一会儿,谁也没说话。

"啊,这个人脑子有问题,你不用理他。"看守说。

术贰像是没听进去,还看着他,被他眼里的那种冷而通透的光所吸引。

"你真可怜!"他仍然带着严肃的表情对术贰说。

术贰歪了歪头说:"为什么?"

"我们都觉得你可怜。"他的话似乎没有逻辑,但很坚定。

"呵呵,别演了,你们都太假了!"语气越发让人反感,但让术贰感到了揪心而非愤怒。

术贰突然回头对看守说:"我们在一场戏里,被囚禁在黑暗太空这个剧场,而他是自由的……"

看守虽然听得一知半解，但脸上那种得意的笑容渐渐消失了，变成了像小孩子一样迷茫的表情。

那种表情正与身处自由小屋的看守的透亮眼神相配。

除了那个站在小屋里的人在发出嘲笑声，其余的空间都被尴尬笼罩。

"啊，你就当我什么都没说。我很正常。"术贰微笑着说完就走了。这里让他感到不安，空间跳跃导致的头痛已经缓解了，他打算离开这里了。

褪色深空

术贰回到了飞船上。"真的什么都没有。"他对木木说。

"那些被关起来的人也都很奇怪吧?"

"嗯。"术贰操作飞船解除了对接,伸着脖子望着窗外。他不喜欢总是看着显示屏,即使窗户外面几乎只有黑暗。

柔软的驾驶座让他昏昏欲睡,他疲倦了,头顶只是太空,身后只是金属。

再次睁眼已经不知道过了多久,窗外全是黄绿色,这种少见的颜色占满窗户,它异常鲜亮,使术贰无法睁大眼睛。

"那东西几乎没有弧度,表面只有一些沟壑,像巨型的平面。"木木说。

"能着陆吗?"术贰坐了起来,看向显示器上的监测报告。

他们去过大大小小的飞船、星球,但这次,他无法辨识窗外奇怪的巨型物体。

术贰选择了着陆,并匆忙从驾驶座上站起来,被地板上的坎儿绊了一下,迎着窗外渐渐变成淡黄色的光,跌跌撞撞地跑向窗户边,把脸贴在窗子上。窗外的奇异反光将术贰的脸映成了冷色。

望不到边,但有无尽变幻的颜色。术贰贴着窗子,张着嘴看傻了眼。

飞船中轴扎在表面上,他穿着太空服走在五颜六色、沟壑纵横的表面,光把白色的太空服染成了各种颜色。

对于术贰来说,虽然飞船外依旧是灰蒙蒙的,但他没见过如此多的颜色同时照进眼中。他感动得忍不住流下泪水,打开了滤光系统,躲回了暗淡当中。

他蹲下身子,用仪器提取了表面的物质,是一些鲜艳颜色的化合物,还含有某种干了的胶。这些东西布满了山谷,术贰这才发觉不对劲。

"不能待太久!"术贰猛然回头看向飞船,远方有模模糊糊的巨大物体在移动,远到只能看见轮廓。

他脑子一热,随后就是一声诡异的巨响从头顶上传来。术贰向飞船跑去,这里坑坑洼洼,地面上布满黏脚的物质,让他跑得很吃力。提取的样本掉在了地上,他笨拙地拾起来。

恐慌之中向上望了一眼,正如他想象中的一样骇人,模糊和黑暗之中是一张巨型的脸。术贰紧握着提取了样本的仪器,里面是颜色的宝藏。他头也不抬地跑回了飞船。

有人在作画,勾勒无尽的深渊,描绘出压迫观者的山脉,用诱人的致命色彩。

"这不科学!"术贰仍然紧握着样本并拉升着飞船喊道。

木木一动不动地望着窗外。

"有人在画……画。"术贰在紧张中听到木木蒙眬的电子音。他们加速了,绕开了巨墙一般的身躯。

"也许他画的是行星上的植物,还有卫星。"木木说。

只有巨人知道这场浪漫是只能感动他自己的,只有他知道,万物都不会有和他同样的感受。

术贰虽然没有平复恐惧,但沉默了,向着远离的方向加速,模糊地看到了在巨大的臂膀后的完整的画面。

画中有一颗卫星,传说叫月亮,以及一株不知道自己被当地人称为向日葵的植物。

这画面令术贰有一种诡异的熟悉感。

当他再次望向窗外,那些东西已经消失了,也有可能是藏回了黑暗中。

但仍然有那种响声,像是一种哀鸣。

术贰只拿到了一样东西,但那对他来说格外珍贵。那是少见的色彩,是他梦寐以求的。在隐隐的慌张中,他开始幻想,幻想那棵柿树的样子,期待着更漂亮的光学现象。

木木沉默地望着蹭上了薄薄黄绿色的太空服,像是在计算那种光的漫反射,直到自然的光慢慢消失。

第四十一章 / **收藏希望**

　　最近总是如此匆忙,术贰开始渴望曾经在沙砾上舞蹈的漫长时光,他才明白老董为何将那里的坐标记录下来。

　　平稳的黑暗宇宙因为光线的侵扰,不得安宁,只有飞船里的音乐让他心里暂时放松下来。

　　显示器上的行程显示还剩一小部分,术贰感觉行程越短,时间越漫长。窗外总是闪进阵阵奇异的光线,使人眩晕,术贰红润的脸在黑暗中若隐若现。

　　"你想啥呢?"木木问。

　　"找到柿树之后该做什么呢?"术贰问。

　　"嗯⋯⋯也许会明白很多,然后去解释你一直想知道的东西。"木木勉强回答道,"我根本想不起来我以前叫淳兮,你把这些故事记录下来吧,很久很久以后,等你跟我一样丢失了这么多记忆的时候还能看一看。"

术贰望着不久前放在桌子上的淳兮的照片，抿着嘴缓缓点了点头。他很久都没见过她了，看着照片，陌生感越来越强烈。她像一个自己从未见过的漂亮姑娘。

他突然想明白了这恐惧的来源。每当离目的地更近一步时，术贰对未来的恐惧就越发清晰。可这种恐惧不完全来自未知，还有一部分是源于将要分离的痛苦，像是要失去一些珍贵的东西。一切将会像糖果刚打开，就掉落到淤泥之上那样。

在飞船再次停歇的同时，他望着木木胸口的能量显示，束手无策地感受到在生活发生变化前短暂而不安的幸福。

他们在灰暗的满是建筑的星球降落，街上的人都穿得很干净整洁，着陆的地方夜幕降临，光线照红了天空的一侧，渐变到另一侧成了紫色。

路边有几座大房子，其中一座大门是玻璃的，大概是出了故障，这个电子的自动玻璃门来回开关。术贰趁着它开启的时候来到了大房子内部，里面是一体的，一个长方体的大厅，宽敞而亮堂。术贰迷迷糊糊地转进第二个楼道口。

楼道边上有一个玻璃做的小屋子，里面有桌椅、一台老式的机器，还有好多乱七八糟的小工具，堆放得不是很整齐，看样子有人住了很长时间了。前面就是向上的楼梯，折来折去的，二楼是一间类似办公室的房间。

令他紧张的是，里面坐满了穿着各式各样衣服的年轻人，他们看样子都在工作。

这里没有桌子,年轻人都朝着一个方向坐,他们在雕刻一些木块。有些人把目光投向术贰,几个人激动地小声议论,甚至红了脸。

术贰很紧张,他悄悄地走到所有人的后面,想看他们在做什么。

在最后面有一个他眼熟的人,最后一道光线透过窗户正照着他,整个幽暗屋子里只有他身上依附着黄色的光,除了工具的声音就是小声交谈的声音。那个男孩儿穿着黑色长袍,胸前挂着一个亮黄色宝石项链,棕色的头发盖过了眼。术贰反复回忆这个熟悉的身影。

"籁彡?"术贰小声说。

那个男孩儿回了头,但没说什么,又忧郁地转回头,继续沉默地望着自己手里的木块。

术贰蹲到他旁边说:"是籁彡吗?"

男孩儿歪头一皱眉,说:"我不想弄这些了。"

"那就别弄了呗。"术贰说。

"嘘,老师在隔壁呢。不能停啊,还得测试呢。"

"这是在干什么?"术贰问。

"就是为了公平地换取以后的利益。好多人都在学这个,只是为了生活。没办法,为了我的未来……"男孩儿打了个哈欠瞪着大眼说。

恒星已经拖着光线移动了几步,光线转而照到他的手上,长着青春痘的脸在昏暗的灯光下变得暗淡,但他的眼中仍然有光,似乎有着很多憧憬。

"昨天晚上放学后,我偷偷溜进阳台,望着那边的三颗星星时,我看到了流星。"男孩儿说。

"那会怎么样?"术贰问。

"我希望得到好的结果。"他回答。

两间屋子是相通的。"那边的,别说话了!"一个声音喊道。

气氛再次变得尴尬和冷漠,让术贰感到无比压抑。这里的黑暗不像他常待的飞船里的那种,这里的黑暗给人感觉很浑浊,像是一种胶水,浸满屋子,让人缺乏动力,让人窒息。

术贰深吸一口气,有些人还在小声讨论着格格不入的术贰。术贰在思考为什么被困在了这个规则里。

幸好木木没跟来,不然这里的人看到一个机器人会更加躁动。术贰这么觉得。

他不想打扰这些人工作,悄悄地走了出去,来到了室外,站在停着飞船的空旷平地上。恒星已经被遮住了一半,木木在飞船旁边等着他。

木木的身影在恒星温暖的光线下慢慢晃动,术贰小跑了两步,想起刚才那些人,他想把这里记录下来。

可是他知道,这个场景是抓不住的,会在眼前悄然消失,即使他认为还会再次见到同样的景象。

但是仔细想想,如此的话又何必在意消失。木木金属的外壳反射的光线强烈而温暖,晃得术贰眯着眼,仍然目不转睛。

术贰止步在木木面前,木木用手指敲着他的大腿。术贰回忆起木木刚拥有这副躯体的时候，眼里一阵热。

他又想起了以前和老董一边笑一边比赛谁先憋出眼泪，总是老董赢，每次老董眼泪流下来后，都会冲术贰傻笑。而如今，术贰常常祈求眼泪不要流出来，也才明白，老董的傻笑可能不是因为愉快。

"走吗？你傻乎乎地想啥呢？"木木对着覆盖着温暖光线的术贰说。术贰湿润的眼被这些剩余的光线照得晶莹剔透。周围很安静，只有微微的风声。

远处的不知是做什么用的巨大烟囱冒着白烟，橙黄色的天的边际，染上了白色。那些烟形成各种形状，然后飘散。

术贰爬上了自己的飞船，在顶上坐下。他迎着这里一天中较暖的光线，坐到凉凉的金属板上时，浑身一颤。

他好想朝着那个方向跑，好像从前在家乡追逐橙色的巨大光环一样，可身体却像扎了根，一动也不想动。木木看了看他，无聊地敲打起飞船的外壁，敲出一些节奏。

天空暗下来后，那些雾气只剩若隐若现的轮廓。

他回到飞船上，坐在驾驶位上打了个哈欠。"那些工作的人在那里待了多久了啊？那样会得到什么啊？"

"应该是有目标的吧。"木木回答。

"我走了这么远，就是为了看一棵树，"术贰扭了扭酸痛的脖子说，"而且我还什么都不了解。"

"那有啥，开飞船吧，开飞船多好玩儿。"木木说。

术贰瘫坐在驾驶座上缓慢地点了点头。

当飞船颤抖着升到一定高度时,恒星又露出一边,重新照亮了飞船内部,但外面已不是刚才的色彩了。现在的色彩也会像之前出现过的每一个细节一样,不再出现。

所以术贰没再做追上它的计划,启动飞船后,他便睡着了。只用很少的能量就能超长时间工作的身体,还是禁不住那微微的痛苦。

木木一动不动地看着他,他还有着少年的肌肤。每当术贰休息时,这里都格外安静,木木不会说一句话。

她可以就这样,一直到他醒来,甚至一动不动。

木木的眼前越发昏暗,但飞船还在微微颠簸,她感受得到。还有时常出现的从窗外传来的奇异怪响。在黑暗中,木木仔细分析着在远处凝望术贰的高大身影,微弱的光线在那影子的头部。

木木没有夜视的能力,但她知道那个神秘身影,并不陌生。

她打开了一盏小灯,但眼前还是十分昏暗,再次仔细打量那已经失去很多记忆的熟睡少年。

那身影没有消失,只是在黑暗中缓慢平移,来回穿过飞船的外壁。

木木的数据计算得非常快,金属的身躯不会使她产生恐惧的感觉。她矛盾着,是要投靠光还是藏身于黑暗中,保持宇宙给予她和他的安宁?

但是,那个身影头上的光线越来越亮,直至她的眼前只剩下刺眼的白色。

第四十二章 / **果树**

　　木木敲了敲脑袋，那个身影移动着穿过了飞船舱。光线被隔绝了，船舱里恢复了幽暗。

　　术贰从睡眠中苏醒过来，看向窗口，那里闪过一个身影。

　　剩下的只是发着微弱的光的几颗星星，那些星光排列出类似"226"的形状。术贰脑袋晕乎乎的，在设备上记下了这个数字。

　　飞船停了，这个坐标被设置在一个覆盖着一层水汽的星球，那些云像一张网包裹着这个星球，植物遍布陆地。术贰目不转睛地望着它，深吸了一口气。

　　"你肾上腺素分泌总是不稳定，你得注意一下。"木木说。

　　"啊，好吧。"术贰揉了揉眼睛说。他在降落的坐标结尾输入了"226"，只是为了好玩儿。飞船降落在一个村庄里，看起来一切都很平常，人们好奇的眼光也让术贰十分熟悉。平房屋顶

褪色深空

有尘土和茂盛的植物。

这里人来人往，驻足观看飞船的也不少，毕竟这里没有什么"为了生活"之类的烦恼。

术贰下了飞船，站在舱门口，小孩儿叫喊着跑开，人们纷纷散开。

他们一边走自己的路，一边回头张望。一个穿黑色外套的人因此被绊了一下，便不再回头，消失在了交叉路口。

"出去看看，小心点，我在这儿给飞船储水。"木木说。

术贰站在飞船边望着屋顶缝隙中挤出的小植物发呆。

"你是何方神圣？"一个坐在石头上的女孩儿开玩笑问道。她衣着朴素，头发编成四缕，脸上有那种与生俱来的绯红。

"啊，我是来旅游的。你知道柿树吗？"术贰歪着脑袋问。

"那是啥呀？什么样的树？"女孩儿问。

"就是上面有很多果实的树吧，我也不清楚。"术贰回答。

"来，去那边看看。"女孩儿起身，指着远处的林子说，"不知道你说的是什么树，长果子的树我记得就在那边。好久没来这里了，我是来看我姥姥的。"女孩儿边带路边说："以前每次回到这边，我都去那个果树林，偷偷拿杆子打果子。"

"为什么要打果子？"术贰问。

"把果子打下来可好玩儿了。"女孩儿说。

"打下来的果子能吃吗？好吃吗？"

"我不爱吃。"

听到这话，术贰的心跳便加快了。

女孩儿接着说："以前每次我打果子,我姥爷看到就会把我拽走,说我浪费。果子成熟后,我便随着爸妈回家,姥爷会给我摘一袋子果子。"

他们路过了一个小湖,术贰回头看着灰蒙蒙的湖,同时看到远处聚集在飞船边玩耍的孩子们。木木已经关好了舱门,回到了飞船里。

"姥爷去世后,我看到有卖果子的,就会买几个。"女孩儿说。她眯着眼看着前方,脸上带有让人舒心的平和。

术贰点了点头,看着那些灰绿色的植物,不知为何心情舒缓了很多。前面的高大植物随风摆动,韵律像女孩儿打的哈欠一样柔和。

更小的孩子们都组团在飞船那边玩耍,也只有这个长大了的女孩儿能带他去看这些无聊的植物。脚边蹭起的土被风吹散。

"你的朋友们呢?"术贰问。

"都搬去远处了,跟我一样。你呢?"女孩儿说。

"我……她在飞船里,是个机器人,跟我一样。"术贰说。

"啥? 你是机器人?"女孩儿转过头来打量了术贰一番。

"啊,不是,我忘了。"术贰敲敲脑袋说。

"说啥呢,奇奇怪怪的。那些树应该就在前边了。"女孩儿说。

他们停在了路边,女孩儿四处张望,术贰也仰着头看来看去。他们都看了有一会儿,却没看到类似果子的东西。术贰只看到了那些同样懒洋洋的灰绿色植物。

"不对啊,应该在这边啊。"女孩儿说。

第四十三章 / **自闭**

　　女孩儿扒开扎手的灌木,里面是一个树桩,那应该曾是棵年轻的果树。

　　女孩儿茫然了,回头看向术贰,术贰竟然正在傻呆呆地看着她。

　　"飞船这边有些奇怪的人。"木木的声音从通信设备中传出。

　　"树被砍掉了。"女孩儿反应过来说。

　　"没事儿,回去吧。"术贰说。

　　远远望去,飞船边的孩子们不见了,那里站着几个披黑色斗篷的人。

　　"啊,你的朋友在飞船里吗? 快回去,不要和那些人打交道!"女孩儿说。

他们开始向飞船跑去。

"为什么?"术贰问。

"我也不知道,从小家长就让我们远离他们。他们奇奇怪怪的。"女孩儿一边跑一边说。

黑斗篷们中的一个矮个子闻声转过头来。他皮肤发白,眼中散发着一股令人眩晕的能量。

女孩儿被她的家长拽走了,家长脚步急促,数落着女孩儿。术贰望着她,很快他们就转进巷子里不见了。

术贰回头看向黑斗篷们。他们已经全部面对着术贰,站得整整齐齐。

看起来矮个子是他们的领导者,他磕磕巴巴地问:"你……来自幽暗的……宇宙吗?"

术贰点了点头。

"你见过四目神吧?"矮个子说。

"我不知道你说的是什么。"术贰说。

"不,你的眼是灰暗而通透的,一定被神圣的四目照射过。跟我们来,给你能量,你能带领我们获得解放。"矮个子说。

周围变得格外安静,人们都各回各家了。原本懒洋洋的植物也不再摇晃,只有恒星的光芒依旧暴晒着大地。

黑斗篷们沉默了一会儿,术贰正在飞速思考,他们到底是什么人。术贰叫上木木,和黑斗篷们走向了村子边缘的一栋破屋子。

那屋子看起来很普通,和其他的房子差不多。屋子里很暗,

褪色深空

透进来的光线是幽幽的蓝色的。

"四目神能给你们带来好处吗?"术贰问。

"它有强大的力量。你可以从中发现自己。"黑斗篷说。他们仍然站得整齐。

领头的黑斗篷从桌子上拿起一件叠好的斗篷,那件斗篷看上去很普通,但是像有生命一样,在发出细微的声音。

术贰听见那奇怪的声音后,耳畔不由自主地回响起模糊的一句话:"我会回答你。"他好像被控制了一样,非常渴望听清楚,斗篷好像要告诉他什么。领头的黑斗篷双手颤抖着,慢慢靠近术贰。

他给术贰披上了那件斗篷。术贰感觉像是有人贴着他的耳朵说话,让他从耳朵麻到脚底,头脑里闪出那个瘦长的黑影。黑影头顶上发出有侵略性的强烈光芒。

"你能成为管理者,你不一样。"术贰脑海里传出熟悉的声音。

他感受到前所未有的活力,推翻了自己对无垠宇宙的狭隘推测,否定了自己之前所谓的科学的猜想。

然后术贰的脑海从原来的一片光明,回到了诞生时的黑暗,那么纯净,像宇宙那样的黑暗。

"你感受到了,看看周围虚假的世界。"领头的黑斗篷说。他令人眩晕的眼神似乎与术贰灰暗的眼睛搭起了一道桥梁。

术贰沉默着,他觉得语言这种技能变得可有可无,他想忘掉曾经关于灵魂的可笑又幼稚的想法。

于是周围像梦境一般消失不见,他站在黑暗的空旷的方形空间内,前方远处有个白色大门。他一步一步走过去,在拉开门的时候,心脏悸动了一下。他看见连续的子弹不断击中他的父亲。父亲的额头上有和黑斗篷们一样的淡蓝色光圈。他听到了那些武器发出的巨响。

　　他回头看向身后的黑暗,隐约有个瘦长的身影。又是几声碰撞的声音,门外是那张白床,一个老人躺在上面。

　　"你吓了我一跳。"一个声音说。术贰仍然沉默着,就像黑洞一般宁静。

　　木木拿着枪站在他面前,问:"你怎么了?"

　　术贰看向四周,还是那幽暗的破房子,黑斗篷们倒在地上。术贰沉默着脱下斗篷,皱着眉头。

　　"没事儿吧? 回飞船吧。"木木说。

　　术贰点了点头,他咬着下嘴唇,出门走向那个正在被孩子们敲敲打打的白色飞船。灰绿色的高大植物还在摇曳。

　　"你知道作为一个生命,我最喜欢的是什么吗?"木木问。术贰灰暗的眼看向她。

　　"每个生命都有说不出来的故事。"

　　路人渐渐变多,人们一边对术贰指指点点,一边说着让人听不懂的话。术贰想明白他们在说什么,却没有任何办法。

　　他们回到了飞船上,术贰还是没说一句话。他只是像往常一样驾驶飞船,继续前进。但是他脑中那个紫色生物的影子使他几乎失去了对见到柿树的欲望,只是无谓地前进。他甚至对这次出行感到了一丝后悔，还有一直伴随着他的恐惧和焦虑。

飞船行驶到了下一个坐标，术贰望着窗外，星球上有星星点点的光。

就这样望了很久，没有想着陆的意思。他仿佛看穿了星球，它有空空的内核和看似复杂的表面。术贰手抚着心脏的位置，沉默地望着这个自己的"同类"。

"下去看看吧。"木木将飞船着陆。木木看着术贰，他身后恍惚站着那个熟悉的瘦高身影，视觉无法锁定的身影。

他们来到了一座城市，这里有高大的建筑，城市临近海洋。

飞船落在了海边，这里已经是夜晚。术贰下了飞船，海边立着一个警示牌，大概是警示当心溺水的。警示牌上端停着一只大鸟，身体是灰色的、瘦长的，嘴巴也长长的，眼睛又圆又大。

术贰走近看，大鸟头一歪，用一侧的大眼看向术贰。

"要过夜吗？我们提供住房，也有餐饮。"大鸟的嘴张开不动，从中发出了一个男人的声音。

木木听见退了一步，术贰没有回答。他慢慢走近大鸟，一边打量着，一边绕到大鸟的一侧。

大鸟从警示牌上跳了下来，扇动翅膀发出气泵的响声。它又张开嘴，说："跟我来。"

术贰没理它，走向城市里。这里的建筑很旧，海风使建筑裂缝之间的表面长出了苔藓植物。

"你好像对住房和餐饮不感兴趣。那咱们沿着海边走走，那里有很多商铺。"大鸟跟在他们后面说。

术贰只是漫无目的地向着灯光走去,大鸟摇摇摆摆地跟着,一会儿就跟不上了,停在了后面。它张着嘴,用大圆眼看着术贰的背影。

　　那些灯光的确是来自一些商铺。路人也不少,一个穿蓝衣服的胖小孩儿一个人跑来跑去,一边挥动着手臂,一边喊叫着。

　　术贰静静地看着各种造型奇特的灯。胖小孩儿跑到了他们身边,时不时瞟一眼术贰和木木,继续玩儿自己的。

　　木木看着他,突然胖小孩儿跑到木木身边,朝着木木的腿挥拳,嘴里还模拟打击的声音。木木不解地歪了歪头。

　　术贰低头看向胖小孩儿,木木第一次见这样板着脸的术贰,两眼像是空洞一般。

　　胖小孩儿扭头就跑,术贰大步跟了上去,像是在驱动着以前那副机械身躯一样。

　　"要干什么去啊?"木木喊着跟了上去。

　　胖小孩儿回头瞟了一眼,看到即使在夜晚也一点不模糊的那双空洞的眼,加快了速度,跑进一个巷子里。术贰还是紧追不舍,他就这样不说话,手轻微颤抖着。

　　木木在后面跟着,她发现术贰的肾上腺素数值没有变化,这不正常。"停,你过来!"木木喊。

　　术贰只是回头看了一眼,一声不吭地继续追进巷子。

　　胖小孩儿跑进了一座很高的楼的门里。楼门口的栏杆上站着的那只大鸟,用黄色的大圆眼看着跟上来的他们,张着长长的嘴,但是没有发出声音。

高楼的门后是一条很长很长的走廊,术贰无视大鸟,径直走进高楼的走廊。他的动作不像本来的术贰,更像曾经的那个白色机器人。

某间房间里传出那个胖小孩儿的喊叫声,术贰向那间房的门走去。

木木看着大鸟,又看一眼术贰,她停在高楼门口,关注着大鸟,以免它有什么异常举动。但大鸟只是张着嘴看着她。

那个房间的门上有个显示器,术贰站在门口,木木在外面看着站在幽深走廊处的术贰。

走廊里灯光很暗,墙边的水管已经锈迹斑斑。墙上有被划掉一半的涂鸦。

显示器突然打开了。里面是一个红色大背头的男生,他诡异地笑着。身后的另一个男生和他长得很像,但表情傻傻的,戴着奇怪的绿色花边的尖帽子。

"什么事啊?"红背头笑着问。

"他好可怕啊。"尖帽子对红背头说。

术贰还是沉默着。

红背头摇晃着说:"啊,我的小弟弟打你啦?哈哈哈哈。"灯一瞬间全灭了,显示器也熄灭了,只听见屋里传来喊叫声和笑声。楼门口的小红灯只能照亮一小部分楼道。

"哈哈哈哈!"楼外的大鸟笑起来。"快出来!"木木喊。

术贰在黑暗中沉默着,慢慢走向楼门口,他隐约看到楼道边上有一个影子。

就像曾经一样，他猛地冲了过去，一拳击碎了那个身影。那是个假人，是用某种简陋的材料制成的。在令人烦躁的笑声中，他从走廊里走了出来，木木赶紧上前要抓住他。可术贰又冲向那个大鸟，用刚被划伤的拳头砸向它。

笑声颤抖了几下然后停止，零件掉在地上发出叮叮当当的响声。术贰的手颤抖着，他慢慢弯下腰，坐在了旁边的台阶上。

木木跑过去抓起他的胳膊，开始消毒。术贰皱起眉，咬了咬嘴唇。

"你疯了？怎么不板着脸了？"木木一边处理伤口一边说，"你要是不疼，你就继续别说话。"

"疼。"术贰终于开口了。

"你和老董一样，你知道吗？他就是发起疯来不像人。"

术贰终于还是流下眼泪，那种痛苦无法掩饰了。"为什么我觉得刚才的才是我，其他时候我在发疯。就像那个在地上打滚的人说过的，我是不是一直在越界？"术贰抽泣着问道。

"这么说也对，你本来就是人工进化过的种类，本就应该高度理性。你再想想为什么老董带你逃到没有战争的地方，为什么你要找那棵树，为什么老董宁愿把意识发送到随机的地方？你们几乎摆脱了那些紫色怪物的控制。"

术贰似乎没有思考过这方面，这一切是因为他们想像故事里那样感受爱。

他看着眼前模糊的瘦高身影，想起小时候生病的时候，老董会来到他身边，握着他的小手，默念那个身影的名字，会让术贰

218 　　　褪色深空

感到好一些。

术贰终于退缩了，他痛哭着慢慢跪在了地上，默默念道："我错了，四目神，求你饶了我……"

术贰弓着的背抽动着，在黑暗的巷子里，他单薄的身体跪在长着苔藓的砖地上。头轻轻磕着地面。

就这样跪了好一段时间。身后的高楼中的某处着火了，浓烟在空中飘散，幽暗的光被藓类植物染成了绿色。他的一切痛苦在黑暗中显得渺小。木木把他搀扶起来，慢慢走出巷子，朝着飞船的方向走去。

身边偶尔有一两棵乔木，可它们的果实是青色的，上面长着灰色的斑点。砸在地上的果实腐烂了，橘色的果瓤发出难闻的气味。

术贰吸着鼻涕，低着头，脚避开腐烂的果实，咬了咬发麻的嘴。安静的巷子里只有他们的脚踩在潮湿地面上发出的声音。

远处的飞船被涌动的黑色海水冲刷着，沙石轻轻敲打飞船的外壁。

街上的人没有减少，商摊的灯光也没熄灭。回到飞船上，潮湿的空气让人有些不舒服，可术贰无暇顾及这些，躺在卧室里睡过去了。

第四十四章 / **平静**

　　术贰随着敲打声醒来时,天已经亮了,飞船还在海滩上停着,冷色的光线照进飞船的卧室里。

　　术贰眯着眼,坐起来看向窗外,海边路上的人们在跳舞,黑色的海水已经退去。白色的飞船像搁浅的深海巨兽,奇异又充满魅力。

　　术贰连接了外面的声音,海边的人在唱歌。一个大叔衣着简朴,他演奏着乐器,唱着术贰听不懂的歌,人们随着歌声跳舞、拍手。

　　但人们又都好像稍稍有些拘谨,像是被生活埋葬了歌舞的梦想。舞蹈不到位的动作,好像是在怕这心愿被谁发现一样。但歌声不是如此,它令人感动,也许他歌唱的是仅存的可以绽放的心愿。术贰看了看库存,食物虽然不多,但对于他的身体来说,已经足够了,还有刚存满的水箱和不多的电池。

黑色海水冲刷过的沙子,在晨光下的颜色让人看着不禁会打寒战。他走出舱门,踏在这片沙滩上,感觉像是来到了另一个星球。他刚来的时候似乎没注意到这乳白色的细沙,脚会稍稍陷进沙子里。

他让木木在飞船里等着,木木一动不动只是答应了一声。术贰关好了舱门,向载歌载舞的人群走去。他留下一个又一个脚印,脚印笔直地连接着飞船和他。

音乐的节奏,让躲避节奏点的术贰迈着长短不一的步子,留下不规整的脚印,打破乳白色沙滩的宁静平和。

人群里坐着一个瘦老头儿,默默看着弹琴的大叔。

"你在想什么?"术贰问。

瘦老头儿转过头,拍了拍旁边的地,示意术贰坐下:"这歌让我想起了以前的爱情。你听得懂吗?"

术贰摇摇头。

"说说你的爱情故事。"老头儿带着奇怪的口音说。

"以前有个男人,他在年轻的时候,认识了一个姑娘,他们经常在一起跳一种优美的舞,姑娘总是嘲笑他跳舞滑稽。后来姑娘生病了,他们开始经常吵架,姑娘说他就是个没有情感的改造人,直到有一天姑娘躺在白床上一去不复返。男人没有流泪,进入了军队,他就是想利用自己异于常人的身体来证明姑娘所说的。后来他克隆的儿子战死了,他当了逃兵。他给我讲各种故事,但很少提起那个姑娘。但我知道,他去找那个姑娘前,还在孤独地跳舞。"术贰坐在瘦老头儿旁边讲道。

瘦老头儿听完没说什么,嘴角微微上扬,皮肤褶皱多了起来。他还是双手抱着膝盖,坐在地上看着弹琴的大叔。

"那你呢? 你自己。"瘦老头儿说。

"我还不太清楚,她应该在那棵树下等着我。"术贰说,"柿树。"

"那是啥东西? 我可听不懂你的方言,是什么树吗?"瘦老头儿问。

"对,这种树会结一种果实,颜色很鲜艳,是甜的。"术贰说。

"哪有那样的树啊?"瘦老头儿笑着说。

"肯定有吧,别的星球呢?"术贰说。

"那我不知道,我就年轻的时候出过几次远门,没见过。"瘦老头儿说。

"好吧。"术贰说完起身走到人群外。

这首歌唱完了,人们都在鼓掌。术贰背着身子甩着胳膊拍了拍手,低头看着乳白色的沙子,面对黑色的海。风吹起他的头发和弄脏的白色长袍。

远处的海平线上,有个黑点从天上坠落,掉入海中,也看不清那是什么。术贰看了看包扎过的手,思考着那红色液体的流逝。

他沿着自己的脚印向飞船走去,脚印更加凌乱了。"一切终会归于平静。"他说。

他回到飞船上,飞船升起,沙粒随着水从飞船上落下,落到

　褪色深空

沙滩中,分不清哪一粒是刚落下的。

"那个歌是什么语言啊?"术贰边驾驶着飞船边说。

"应该是这里原本的语言演化的吧。"木木回答。

"听着挺好听的,也不知道以后能不能学到。不过这里也没有我们要找的东西。"术贰小声地说。

"走吧,去别处玩儿。"木木还是坐在那里说。

第四十五章 / **恐惧**

术贰驾驶飞船到了下一个坐标，距离目的地还剩很少次数的空间跳跃。坐标终点是不是传说中的地球，术贰并不确定。

坐标体系是老董研究了很久的，但是没人检验过正确与否。

这次抵达的星球布满灯光，人造物像是皮肤炎症一样散布在星球上。术贰将飞船降落在一座建筑的顶层。

"在飞船里好好待着。"术贰说。

"好的。"木木的声音轻轻传来。

术贰下了飞船，下楼来到了建筑物的一层，里面的人穿着黑色制服，戴着黑色帽子，他们都坐在座位上操作着显示器。

"不要走来走去，小心点，过来登记。"其中一个研究员说。

术贰左顾右盼，来到他面前。

"填这个。"研究员给了术贰一张表格，上面都是难以阅读的文字,大概是让填写个人信息。

"不,我刚从太空来到这里。"术贰说。

"啊,这样啊,我以为你是幸存者。你别在这儿乱走,这儿不安全,去那边找那个研究员。"他指着另一个研究员说。

术贰走过去,紧张了起来。"我们这里有未知气象灾难,持续很久了,我们给这种现象取名为黑雾。如果你来自太空,希望你能帮助我们解决问题。"研究员说。

术贰沉默地摇摇头。研究员起身说:"跟我来。"他走得很慢,丝毫不像一个忙碌的工作者,左顾右盼地踏上了台阶。

来到第二层,这层有很多个房间,研究员从第一间里拿出两个类似氧气面罩的东西,让术贰戴上。这里很安静,整个星球都是这样,可能是因为他口中所说的灾难。

白色的墙壁和冷光让人紧绷着肌肉,这种光线像是可以照透术贰的胸腔,让他呼吸变得吃力。

研究员打开了一扇门,房间像个一居室。

"这里是住人的吗?"术贰问。

"之前是,现在不是了。"研究员站在门口说。

术贰向门里迈了一步,却被研究员突然拉住了胳膊。术贰一脸疑惑地看向他。

"这里面很危险,你跟着我走。"研究员说。术贰回过头仔细打量着屋子里,却没发现有什么异常。

"你紧跟着我,别乱摸东西。"研究员表情严肃地说。他们走向屋子的一侧,床铺的方向。

术贰听着自己的呼吸声，认真打量着一切，床铺是乱的，像是没来得及整理。当他迈步，视线晃动时，余光里闪过一个黑点儿。他以为是某种小生物飞过。研究员停住了脚步，术贰站在他身后。他再次看向那个黑点儿，发现那并不是什么小生物。

它悬浮在床旁边的空中，一动不动。术贰看向研究员，研究员指向那个黑点儿。

"就是这种东西。不能碰它，如果你知道它是什么，也许就能帮助我们。"研究员说。

术贰小心翼翼靠近那个黑点儿，它像一滴水，颜色是黑色的，悬浮在空中，完全静止。

表面没有什么纹路或者波动，术贰拿出了检测元素的机器，将测试端慢慢地触碰上去。

"如果你不知道那是什么，那就别碰它！"研究员着急地说。

黑点儿像液体一样漫延到机器上，术贰立马把机器扔到地上，黑色的物质漫延到地上，到手掌大小时停止了漫延。黑点儿还悬浮在原处，像是没有消耗，完好如初。

机器上显示了没出现过的符号，术贰看着格外眼熟，可他无法解释这是什么。他仔细回想，脑中回忆起黑暗中的那个身影。

研究员看了看他的计时器说："快到周期结束了。"术贰慢慢后退两步，看着地上的黑色物质，它开始有了波动。空中的黑点儿也在颤抖。

"然后会怎么样？"术贰问。

"这种东西从出现到消失有个周期，现在快要消失了。"

褪色深空

"为什么说它很危险?"术贰盯着黑点儿问。

"如果你的皮肤接触到它,它会漫延到皮肤表面,不会被吸收,也不会蒸发。如果在周期结束时你和你接触到的黑雾母体之间有物质隔绝,它就会永远留在你的皮肤上。"

"会危及生命吗?"术贰问。

"有时候会,它的危险在于它会凭空出现在任何地方,人们会不经意碰到,又不容易察觉,已经有不少因为黑雾窒息的案例了,虽然窒息的概率不大,但是谁也不想让这东西永远留在脸上。"研究员说,"现在人们生活中都提心吊胆的,整个星球的工作效率都变得很低,再没有解决办法的话,我们就要回到原始社会了。"

术贰咬了咬下唇说:"对不起,我也不清楚它具体是什么,我只知道它和一种头上会发光的生物有关。"

"来自哪里的生物?"研究员一边记录一边问。

"这个宇宙间到处都是,就像这个黑点儿,会凭空出现在任何地方。"术贰说。

黑点儿的颤动越来越强烈了。

"听你的描述,生物怎么可能具备这种能力……"研究员皱着眉头说。

"听起来的确难以相信,但是它们就是那种有头有脚、有语言的生命体。我跟它们接触过很多次,它们比我们出现的时间要早得多。"术贰说。

"它们就像我们观察这个黑点儿一样……在研究我们。"术贰犹豫地说。

"如果真是你说的这样,那移民可能是唯一的办法了。"研究员说。

突然黑点儿开始膨胀,变成两个球体纵向排列着,无声无息地悬浮在原处。术贰目不转睛地看着它,它变成三个,变成四个,越来越多,整齐地纵向排列着。

地上的那些黑色物质像是受到吸引的力量,流向空中悬浮的那列黑色球体,颤抖着。最后地上的液体完全消失,元素检测器静静地躺在地上。

那列黑球就在术贰眼前凭空消失了,其消失就在一瞬间。

"我们研究所里这些屋子是提供给大面积接触的幸存志愿者的,他们正在配合我们研究,多数是孩子,因为他们经常不注意。"

"它会在你的生活中突然出现。"术贰说。

走廊里传来急促的脚步声,术贰和研究员回头看向门口,一个孩子颤抖着站在门口,脸上有一片黑色,她的眼睛已经开始反光。

"别哭。"研究员说,他看了看四周,快步迈向她,"在哪儿碰到的?"

孩子指向走廊的一侧,研究员牵着她向她指的方向走去,术贰小心翼翼地跟上去。走到走廊的尽头,她指着一个矮矮的金属门,研究员打开了门,里面是空空的小房间,黑点儿悬浮在墙边,它正在颤抖。研究员扶着孩子的肩膀,黑色物质顺着眼泪遮住了一只眼。

小孩儿呼吸越来越急促，攥着拳的手不停地抖动。

"一定要睁着眼。"研究员说。黑色物质从她的脸上流向黑点儿，直到完全消失，她才放声哭出来。

研究员拉着她，走到另一个房间。房间很暗，有一股灰尘的气味，里面架着一个老式的、像是照相用的机器，正对着一把椅子。

术贰看着他们不知道说什么。研究员让孩子坐在椅子上，用机器对着她，房间里只剩孩子吸鼻子的声音。

沉默了好久，研究员把机器缓慢地转向一侧，对着旁边空空的角落，就像那里有什么东西一样。术贰扶着门框仔细地看着，但那里什么也没有。

"如果你也没有办法帮助我们，为了你的安全，请你离开这儿吧。"研究员说。

"啊……我是来找一种植物的。"术贰说。

"这儿不会有的，我们这里没有那种东西很久很久了。"研究员说。

术贰点点头，沉默着离开了。他左顾右盼，慢慢走回楼顶。楼外面天色依然阴沉，他站在楼顶。

建筑像凌晨醒来的老人，静静地坐在那儿沉默不语。术贰回到飞船里，检查了整个飞船。

木木坐在驾驶座上，处于休眠状态，她的红色像是占据了这个世界的中心。

第四十六章 / **无常**

"我们马上到了。"术贰说。飞船升空的声音代替了安静，代替了木木的回答。

飞船下方的建筑里传来"砰"的一声，术贰吓了一跳。"什么声音啊?"

"枪响。"木木计算了一会儿说。

飞船飞离了星球。

"为什么?"术贰问。

"因为比起枪声，尖叫的声音实在太小……"木木说。

飞船开始安静下来，只有术贰吸鼻子的声音。

木木学他发出吸鼻子的声音，术贰紧张地笑了笑。术贰抠着手，一直到飞船来到下一个坐标。他敲了敲涨痛的脑袋，从仓库翻出了一瓶饮料，喝了两大口。

窗外是一个巨大的凹凸不平的金属星球。飞船慢慢靠近，杂乱的建筑慢慢清晰。他回忆着那声枪响，胡乱地联想。

他发出申请对接的信号，对方允许了。显示屏里显示了对方的图像，是个机器人。机器人用轮子移动，戴着一顶旧旧的帽子。

"补充矿物需要付费。补充其他材料需要付费。"机器人说。

"不需要。"术贰说。他穿上太空服，走出了飞船，看着对接口旁边站台上的机器人。

"这里有……电池，这里哪有电池？"术贰连接上机器人的信号问道。

"你可以去那边看看，我只负责对接。"机器人指着一边的巨型建筑说。

这里没有恒星，一切都是人造的，人造光让人眩晕。建筑里面很宽敞，术贰一时看不明白他们的生活方式。建筑里有各种各样的人，做着各种各样的事。

他看到了一个像是售卖电池的地方。店主穿着奇怪的太空服，头发是金色的，厚重的太空服使他驼着背。

店主看着旁边的一群人，像是治安人员。他们跑来跑去，对着几个人在记录什么，其他的人都在看热闹。术贰瞟了一眼电池，走向人群。

他碰了碰旁边的人，问："这是怎么了？"

旁边的人说："偷偷聚会了呗。"

"那是什么意思?"术贰惊讶地问。

"啊,你不是这里的人啊。就是我们这里有限制时间,限制时间内不能有五人以上的聚会娱乐活动。违者罚款。"他说。

"哦。"术贰点了点头说。他不太清楚五人以上一起玩儿是什么感觉。他连接了一个被记录的人的声音信号。

"玩儿得正开心,就被抓了……"

"要不是因为你,我怎么会摊上这事。"他旁边的另一个人说。

"别说没用的!"治安人员说。他看到被记录的人手臂显示屏上有其他人的信号,便指着围观的人用声音信号广播喊:"谁连他们的信号呢!想一起被罚款吗?"

术贰吓了一跳,断开了连接。他看着人们嘴一张一合,听到的是自己的呼吸声。他又转头看了看电池摊。

"为什么人们越来越疯狂?"术贰自言自语道。

"不是人们越来越疯狂,只是你刚开始观察世界。"电池摊的老板说。

"你们说什么呢?"一个治安人员突然走过来说,"出示你的营业执照。"

电池摊的老板开始到处翻找。

"没有是不是?"治安人员根本不等他找出来,绕过摊子就抓住了老板。

"没有你还在这儿看热闹! 没有你还跟外星人说话!"治安人员把电池摊老板拽走了。术贰后退几步。"外星人都滚回家去!"治安人员最后留了一句。术贰心里正不是滋味,人们已经拥上来,挡住了他的视线。

术贰回过神来时,他们在抢电池。术贰挤进人群,人们磕碰着他的头盔。他屏蔽了所有人的信号,只能看到他们的表情。

狰狞,从容,傲慢……不是所有人的表情都一样。术贰用尽全力,抓了三节电池,转头往外面的飞船跑去。

他一边跑一边回忆自己的表情,每块肌肉的运作。内疚的心情让他强迫自己想想别的。

"我只是刚开始观察世界吗?"术贰跑回了飞船。

"这儿不会有什么柿树的……"术贰升起了飞船,给沉默的木木开启了休眠模式,并更换了新的电池。

第四十七章 / **成熟**

"我做了好长的梦。"木木说。

"梦到啥了?"术贰问。

"我梦见我不是机器人,然后和你在一个很漂亮的地方生活。那是个小镇,镇子里的朋友们和咱们在家里一块儿玩游戏。还有好多都忘了。"

"那也太好了吧。"术贰说。

"如果我梦到了,那我是不是真的经历过了?"木木问。

术贰被问住了。"嗯,在记忆里的,就算是经历了吧。"他思考了半天才回答。

术贰在检查木木的记忆储存时发现她丢的那部分记忆并不少,包括他们在一块儿的经历。

但是他没告诉她。他不知道现在的奇怪心情是什么,是对过去的不舍,还是对新的开始的期待?

梦到的事是否现实?他也曾经梦到过自己是一个不孤独的人。飞船停了,他已经没有了以前那种头痛的感觉,只剩下了轻微的反胃感。

飞船外是另一艘飞船,老旧的型号,外面有很多撞击的痕迹,还有一些闪烁着奇怪颜色的灯。舱门口笔直地悬浮着一个人,相对术贰是倒立着的。

术贰穿上太空服,和木木来到了他身边。那个人穿着深灰色的太空服,透明面罩里是干燥枯黄的脸,有黑黄混杂的脏脏的头发。他打量了一番术贰,嘴里念叨着什么,又看向木木,沉默了一会儿打开了舱门。

里面很暗,微弱的光线似乎是从角落里发出的,但是挤满了人。他们都很高大,笔直地跳动着。术贰拉着木木挤进去。周围的人都看着他们,他们被挤到了一个角落,漆黑的天花板好像要压下来一样,他感觉心脏像被束缚住了。压抑感让术贰坐在了角落的一个台子上。

木木的声音从术贰没摘的头盔里传出来:“这里有很多次声波,你把屏蔽系统打开。”术贰点点头,看向人群,周围的人带着僵硬的笑容一边跳一边看着他。时不时会有人说话,但术贰听不到。

术贰试图跟他们对话,但是他们没有穿太空服,也没有通话的设备。微弱的青色光只照亮了他们半张脸,他们带着麻木的笑容,上下跳动着。

门口那个人挤了进来,他手里拿着一个通话用的机器,站到术贰面前,腿贴着术贰的膝盖。他调试了一会儿机器,接通了术贰的头盔。

他用一种罕见的语言说了一句话。术贰思考了好久,他看向挤在旁边的木木。

"是 18116 号语言。"木木说。术贰似乎有印象,他没想到,很早之前学习机里录入的这种语言还能在现实中听到,但他已经忘得差不多了。术贰打开了翻译器,蹩脚的电子音说:"我觉得你来这里没有意义。"

术贰说:"这些人在做什么?"

看门人回答:"交朋友……但是看样子你不能摘下头盔。"他回头看了看人群又说:"看样子你信仰光,侵略者。"

木木抬着头,认真地看着他。

"我的思想还不成熟,只是进来了解一下。"术贰抬头看着他说。

"玩一会儿,人一直都不成熟。小时候野心勃勃,是无知。长大了觉得平安就好,是妥协。老了后释然,也是恐惧,让自己冷静下来,以后是迷茫。想要忘记自己将要逝去的事实,是逃避。这些人长大了,你还小。"他的话没法被翻译得很准确,而且他也是带着僵硬的笑容低着头说的。

术贰看着他一眨不眨但仍然透亮的眼睛,陷入了沉默。对于术贰来说,这里是他熟悉的黑暗和寂静,跳动的人们像虚拟的景象。

"你知道地球吗,那里有什么?"术贰问。

"快到了。是成长的世界,你会看到同样的建筑,它们会隔开光线,你就不能像现在一样瞎想了。在那里你必须承认和遵循你看见的,你不能瞎想了。"他说。

术贰通过木木胳膊和腰间的缝隙,再次看向跳跃的人群。他仿佛看到了其中的规律,也许这比较贴近他所说的应该遵循的规律。

"什么是瞎想?"木木在心里问。

术贰摇摇头，四处张望着。

"听听音乐，放松一下。"看门人说。

"我听不到这种音乐……最近也不太爱听音乐。"术贰瞟了一眼左上方说。

"我现在喜欢听人们聊天的声音，相比一个人声，一段旋律太孤独了。我喜欢但不敢接触。"术贰说。

"我们快到目的地了。"木木说。术贰看向木木发光的眼睛，听到这句话心里咯噔了一下。

"别那么紧张嘛，需要适应的话每次少跳跃几个坐标，慢慢走……回去说吧，这儿太挤了。"木木说。

术贰拉起木木的手向出口挤去。

看门人看了看四周的人群，也开始笑着上下跳跃起来。

他们回到了飞船上，术贰脱下了太空服，长舒一口气，回忆着幽暗里一张张生冷的笑脸。飞船里也是昏暗的。术贰看着行程进度条，把飞船每次的跳跃数量调少了。微弱的灯光照着术贰白皙的脸。木木很久没有如此专注地看他了。

"你该喝水了。"木木说。术贰的嘴唇上起了泡，脸上少了一些以前的红晕。"啊，对，好久没喝了。"术贰回答。

术贰清洗了身子，吃了点儿东西，好好收拾了一番。在幽暗的飞船里，反射着星星光点的水似乎带走了他心里堆积的杂念。他舒适地半躺回驾驶座上，驾驶飞船跳跃到了下一个坐标。他晃了晃脑袋，似乎一切都不太清醒，光晕是不规则的、混沌的。

眼下是从未见过的星球。

这里还是常见的同样的城市，也夹杂着没被开发的自然景观。天是阴阴的，下着看不清的毛毛细雨，雾气挡住了视线。飞船停在林子里，积水从树叶上滴落发出的声音持续着，让人昏昏欲睡。眼神迷离的术贰走出了飞船，木木慢慢跟在后面。树和土壤的味道夹杂在一起，使术贰感受到那种说不清是不是香的味道，令人上瘾。术贰皱着眉反复感受着这种味道。一个头发斑白的男人驾驶着代步器绕过树木驶来。他笨拙地说："啊，你们是刚来的吧，我带你们看看这边。"

术贰歪着脑袋看了看他，这种语言似乎不是男人的母语。"我们这里经常有来游玩的外星人，别介意，我会帮助你们。"他说。

术贰回头看了看木木。"好吧，我想了解一下这里。"术贰说。

他们坐上了男人的代步器。男人带着平易近人的微笑,驾驶着代步器在林子里穿行。

"你闻到味道了吧?这是树香,是自然的味道,在我们这里非常有名。"男人说。

"这是什么树?"术贰问。

"就是普通的植物啊。"男人说。

术贰隔着代步器的玻璃望着外面的林子。他的头轻轻地磕着玻璃,像无知的小虫,被人造物隔离在自然之外。

木木从男人身上看不出任何可疑的小动作。"你为什么招待我们?"木木问。

"啊,很奇怪吧?说实话,我们这里以前发生了战争。我不希望如此,甚至不知道对方是谁,战争夺走了我的妻子。我希望自己能好好对待外星人,外星人就不会再和我们打仗了……"男人仍然带着微笑,似乎他口中令人痛心的事已经过去了很久。也许只有斑白的头发在向他们解释。

代步器轻微颠簸,伴随着水滴敲打代步器表面的声音,他们渐渐消失在雾气之中。驶出林子后,外面是巨大的建筑,没有灯光,上面巨大的仪器在运作,于雾中时隐时现。

随后他们驶进了一个隧道。

"请不要带我们走太远。"术贰说。

"转完这里,我会送你们回去的。"男人说。隧道里传来惊悚刺耳的尖锐声音,术贰睁大了眼睛,他看着玻璃外,寻找声音

褪色深空

的来源,看到一个闪过的瘦长身影。

"那是气流的声音吧。"男人说,"我觉得你一定去过很多地方,你很自由吧?"

"但是,我被囚禁在我的飞船里,我所见的自然都和我隔着一层玻璃。"术贰说。男人抿了抿嘴,思考着术贰的回答。

"自由是有条件的。"术贰说。

雨停了,恒星的光照下来。这里的光还是很暖的,但雨水蒸发在吸收热量,风也是凉凉的。

"谢谢你,但是请停在这儿吧。"术贰说。

"好吧。也许我困住了你。"男人说。

他们下了代步器。树林外的小城很普通,巨大的建筑把光线分隔开,影子和光在地面上交替分布。术贰想走回树林,他感受着光的温度,走进了影子部分。凉风吹过,他一哆嗦,跑到下一块光的区域。木木在后面跟着他。

"你跑啥?"木木问。

"凉。"术贰说。

他们走回了林子,这次光线无法直接照进来了,树上时不时有水滴落下,落在术贰的头上。术贰闻着树林的味道,拍了拍头发,又擦掉木木肩膀和头上的水。雾后的林中有瘦高的紫色人影,他头上的光照在雾上,使他们看不清他的脑袋。术贰和木木走向他。

"还在迷茫吗?"熟悉的声音从术贰脑中传来。

"还好吧,我遇到这么多路过的人,都教给了我学习机里学不到的东西。我也放弃对你和宇宙的计算了。看你好像喜欢看科幻小说，但我不喜欢科幻小说，更不愿意用自己脑子里被学习机注入的科学知识来理解你我的过去和将来。"

"你似乎比我更接近生命的真谛。我请教一下，那你认为你为什么存在？"紫色生物问。术贰看了看木木，木木看着他歪了歪头。

"你可以继续观察我，也许之后就能更明白一些……这雾好大啊。"术贰说。

"为什么你不在意陌生人对你毫无意义的行动？"紫色生物问。

"不算毫无意义吧。虽然我记不清我见过的所有人，但是其中很多人令我有所成长。"术贰说。木木好奇地用手指戳着紫色生物的胳膊。

"你俩好无聊。"木木说。术贰尴尬地假笑着，和木木绕过了紫色生物，向飞船的方向继续走。

"我存在了这么久，进行了这么多实验，才明白你们的情感就是解开问题的钥匙。因为我没有情感，所以之前没能理解这一点……"紫色生物说。

术贰不顾它的自言自语，只是边走边观察着地上的小植物。凉风吹得他起了鸡皮疙瘩。雾气使林子原本的灰绿色变得更加惨淡。木木为了节省能源，话比以前少了很多。

"你还记得你和我是怎么来的吗？能再仔细讲讲吗？"术贰问。

"我一醒来就几乎什么都记不起来了,就记得我要找两个人。然后老董一直带着我,只告诉我我叫木木,从来不告诉我我是怎么来的……"木木低着头轻轻说,"那时候你还只会哇哇哭,老董说你要在培养室长大。"

术贰回忆着小时候,似乎老董也从来不提木木是谁,他似乎也没仔细思考过。作为严重失忆症患者,木木已经适应了浑浊的记忆。

"为啥问这个?"木木问。

术贰没有回答,一根一根踩断地上的树枝,如果木木的身世正如术贰猜测的,他的困惑就会迎刃而解。至于老董到底为什么想让他去看看柿树,自己到底在追求什么,一切都会变清楚。

"你和那些机器人不一样,你有情感,像一棵大树一样充满生机。"术贰说。

"哈哈哈哈!"木木不顾能量消耗地笑了。

术贰咬着下嘴唇,凉风吹得他脸颊和耳尖红红的。

几何体飞船在雾中显露出一角,规则平滑的人造物和旁边肆意生长的树木和谐相处。术贰打开舱门回到飞船里,将仓库里腐坏的东西和没用的东西分解成了能量。那些变色变质的色彩样本,已经不再重要。也许老董骗了他,不是想让他寻找那种色彩,因为他知道自己的某种细胞缺少感光物质。术贰只是想让自己过得有意义。

他启动飞船,看着行程进度,心抑制不住地剧烈跳动起来。他直接将跳跃终点设置成了目的地,这样会使他短暂昏迷,但他正希望这样,以此抑制自己难以平复的情绪。

在飞船启动没多久后,他就放松地睡去了。

第四十九章 / **坠毁**

　　一艘简单干净的小飞船正在靠近一颗蓝色星球,这颗星球裹着一层白纱。飞船只是慢慢靠近,似乎在犹豫着什么,或者驾驶员正在观察这颗星球。

　　一瞬间,无数艘几何体飞船跳跃到附近,这些飞船上有红色的线条。几何体飞船用骇人的武器毫不犹豫地对着随后出现的灰色飞船射击。

　　小飞船掉转了一下方向,要躲避这场和自己无关的纠纷,但还是在无声的暴力中被击中,坠向这颗星球。

　　小飞船开启了紧急降落模式,但两侧的引擎不能一致,只能无情地撞在星球表面上,碎片飞散在旁边。这里是个村落,村民们提心吊胆地向传来撞击声的地方看去。

　　过了一会儿,高空降下一艘几何体飞船,村民们吓得四散跑开。巨大的中轴扎入地面，发出又一声巨响。烟雾和尘土在白色阳光中飞舞，舱门里走出一个高大的人，他对着手臂上的对讲机说："所有战舰回基地修复，我检查完坠毁的未知飞船后就会回去。"

"好的，董先生。"对方回答道。空中稀疏的云层后，陆陆续续出现无数光斑。他的制服上别着名牌和一个果实形状的胸针。金属名牌反着光，划痕上有闪烁的光点，"董唤安"的名字上有刚附着上的尘土。

他站在舱门口，打了个喷嚏，看了看不远处的废墟，又环顾四周。远处的房子旁有村民在偷看，舱门关闭，他缓慢走向废墟，看着曾是干干净净的飞船。董唤安表情凝重，他打过很多仗，见过很多被摧残的生命，但这次似乎不敢面对驾驶舱里的逝者。

飞船废墟边上是一棵大树，长得十分茂盛，长而厚实的叶片随风舞动，试图掩盖树下没有生机的废墟。董唤安用切割器打开了驾驶舱，里面只透进一点光线，他打开了照明。

一个少女躺在驾驶座旁的地上，她有棕色的卷发，戴着一个奇怪的面具，穿着被染红一部分的白色制服。

董唤安不明白她为什么穿着自己军队的制服，对她来说，这件制服有点大。他似乎在哪儿见过这个女孩儿，好像是在战友的照片中出现过。他压制着愧疚和痛苦的感情，一动不动地看着她。

他突然想起什么，脑中像有电流穿过，他取下领口的备用意识储存器,迅速蹲在女孩儿旁边,安装在她的制服领口上并启动。领口的机器伸出细针,扎入她的脖子,随着"嘀嘀"的报警声,储存器上的进度条卡在了百分之八十三,显示剩余已经损坏。

他跑回自己的飞船,取出了一个意识载体,把储存器安装在了载体上,载体上显示"请输入姓名"。他站起身来,又站在舱门口四处张望,树下有个金属牌子,锈迹斑斑,落满了尘土,上面的字已经不完整了。

董唤安输入后,迟迟没有启动。这种简陋的载体是给临死的战俘用的,是为了逼供得到情报用的,没有视力系统,像个黑暗的牢笼。

董唤安的愧疚感将他压倒在地,他甚至不知道女孩儿的名字。他抱着载体跪在地上,脑中浮现了战死的儿子和在培养室的孙子。他表情痛苦,偷偷流下眼泪,一声不吭地跪在地上埋着头。

他埋葬了女孩儿,就埋在了树的旁边,那个金属牌子旁,汗浸湿了他的制服。

"我受够了,够了……"他长舒一口气,也许他的部下看到这一幕会认为他疯了,他竟然像远古的人类一样被情绪控制了。他站起身子,把载体放在飞船里,拆除了飞船的定位系统,卸载了武器系统,屏蔽了总部的信号。

他坐到驾驶位上,回头看了看培养室的门,把终点设定在了一颗遥远的小卫星上,几乎没人会找到这颗不起眼的小卫星。

飞船升到空中,他看着窗外耀眼的恒星,地上是宽广的麦田和树林。他犹豫着启动了载体,选择了少女的嗓音。

"怎么……怎么回事?我脑子里一片空白。"一个少女的声音说道。

董唤安声音颤抖着说:"你叫木木……"

飞船驶向沉默的太空。

第五十章 / **起点**

　　术贰再次睁开眼,平静地看着窗外裹着白纱的蓝色星球,之后奋拉着上眼皮。行程进度条似乎不准确,卡在 99% 的位置。木木走到窗口,头凑近窗子,轻轻磕了一下玻璃。

　　"好眼熟啊,这颗星球。"木木说。

　　"我咋不觉得。"术贰说。他驾驶飞船降落,脑子里空空的。

　　"这就是地球吗?"术贰感叹地说,"这艘飞船是老董的,他分明来过这儿……"

　　飞船缓慢下降,他依稀看见地面上的房屋、树和麦田。这是个村庄。

　　"底下有飞船的残骸。"木木说。术贰用扫描仪重构了飞船的样貌,他心里咯噔一下,这分明是淳兮的飞船型号,也许她就在树下等他。

木木似乎想起了什么一样，但记忆又模糊不清，她只是沉默地靠在窗口。

飞船颠簸着降落在残骸旁边，术贰觉得紧张，去了厕所。术贰洗了把脸，看着镜子中的自己。不知从哪里进来的光照在镜子上，在镜子上映出四个光斑，重合在术贰的脸上，像四个发光的眼睛，是注视着他的紫色生物，又是他自己。

阳光从窗口照进阴暗的飞船内，一部分被站在窗口的木木挡住，她迎着光看着外面，仿佛回到了家乡。

"你快点儿，我想出去看看！"木木喊道。

术贰从厕所里出来，紧张到说不出话。

打开舱门，阳光肆意侵入飞船内部，术贰眯着眼看着不远处的废墟，外面是破旧的房屋和宽阔而稀疏的田野。田野中央有一棵孤单的大树，长而厚实的叶片随风舞动，想要吸引术贰的目光，但没能成功。

一个老太太用一块布擦拭着飞船的残骸。

术贰缓慢地走向老太太，脑子飞速思考着。

"哇！终于到了！"木木紧接着跑出来。

"这艘飞船……？"术贰犹豫着问老太太。

"啊，这个你应该知道吧，你这天天在太空转悠的孩子。"老太太边说边坐到旁边休息。

"您能给我讲讲吗？我不太清楚。"术贰说。

老太太给了术贰一个金属名牌，上面写着"淳兮"。

"这是在这个废墟里找到的，我也看不懂，你要是认识就拿走吧。"老太太说。

"以前啊,有一天,突然从天上掉下来这么个东西,我们这村里人哪里见过这种事。当时挺吓人的,声音还很大。然后又下来一个飞船,跟你这个差不多的那种,出来个军官。我在远处看着,他从里面救出个女孩儿,应该是把意识取走了。我也不太了解这些,都是听我那上学的孩子说的。那女孩儿的身体就埋在那柿树下了。"老太太指着田野中的树,擦了把头上的汗。

术贰转头看向大树,树下的确有个坟。木木已经站在树下了,仰头看着树上的果实。他终于搞明白了自己想知道的一切,心情平静下来,微笑着走向大树。木木绕着树转,观察这树上攀爬着的小生物。

"快来啊!"木木喊道,她像这棵树一样,充满生气,是活泼的少女,掩盖了机械躯体的冰冷。术贰向她跑去,头发随着暖风飞舞。

术贰站到木木身边,看向旁边锈迹斑斑的牌子,上面只能模模糊糊地看出一个近似的"木"字。木木伸手指着树上的果实说:"就是这个吧!"

术贰抬头眯着眼看了看树上的果实,和他猜测的一样,是暗淡的灰橙色。他更想要的颜色正在他的身边,在阳光下并不刺眼,是温柔的红色。

也许要找什么并不重要,这一刻他的执念被阳光溶解,他站在树下微笑着看着木木。他在这一刻重生,她也在这一刻重生。木木指着果实的手放了下来,手指轻轻碰到术贰的手,像是初次分别时那样,她递给他硬币的那一刻,手指仍然是冰凉的。

一阵风吹过,麦田翻起一阵波浪,术贰也被吹得微微晃动了一下。树上掉下一颗果实,正好砸在木木的头上。

"啊! 可恶!"木木摸着头说。

术贰扑哧笑了出来。